けふもゆるりと水車がまわる

おとぎ話集

小松崎 益
KOMATSUZAKI MASU

幻冬舎 MC

おとぎ話集

けふもゆるりと水車がまわる

目次

第一部　おとぎ話異聞《いぶん》集

第二部　新・おとぎ話集

＊の付いたお話には水車が出てきて里の動物たちを見守ります。

第一部

おとぎ話異聞《いぶん》集

一　マッチ売りの少女異聞

おもな登場人物

アリーサ……マッチを売る少女
仕入れ先のマッチ屋のおじさん
マッチを買い求める客
テミリナ……仕入れ先のマッチ屋の娘
オリビア……粗末《そまつ》な服の少女

（一）

年端《としは》もいかないアリーサは、今朝《けさ》も市場《いちば》の外《はず》れにあるマッチ屋にやって来て、街で売るマッチの小箱を五十個仕入《しい》れました。全部で五十クローネです。自分で縫《ぬ》ったみすぼらしい背負《せお》い袋《ぶくろ》に商品を詰《つ》め、代金《だいきん》を支払《しはら》おうとガマ口《ぐち》を開《あ》けました。ところが中は空《から》でした。

「おじさん、大変大変、きのうの稼《かせ》ぎが消えている」

「……継父《ままちち》[1]のおやじがまた酒代《さかだい》に盗《と》って行ったな。毎日毎日よく飲む男だ」

「ごめんなさい。きょうは仕入《しい》れができないので帰ります」

「ちょっと待ちな。帰るったってお前、家には飲《の》[2]んだくれがいて、朝から一杯《いっぱい》やっているんだろ。お前が帰ったら、稼《かせ》ぎはどうしたって罵《ののし》られるのはわかっているさ。お金《かね》はあとでいいから、五十個持って売りに行きな」

マッチ屋はアリーサを気《き》の毒《どく》に思い、そうことばをかけた上で、「そうだ、きょうはこっちを売ってきな」といって、「すぐに火が点《つ》く天使《てんし》のマッチ」と書かれた新商品を手渡《てわた》しました。きょうは大晦日《おおみそか》ですから、昼過《ひるす》ぎには全部《ぜんぶ》売って、昨年病死《さくねんびょうし》した母《はは》のお墓《はか》にお参《まい》りをし、暖炉《だんろ》にくべる薪《たきぎ》を多めに買いたい。できればチキンの丸焼《まるや》きを買って、暖かい部屋で温かいミルクを飲みながら食べ、新年を迎えようとアリーサは思いました。飲んだくれの継父《ままちち》はどうせ寝込んでいるし、そんな男のために何かお土産《みやげ》を買って帰ろうとはこれっぽっちも思いませんでした。

（二）

昼から、街は吹雪《ふぶ》いて雪が積もり始めました。十《とお》は売れましたが、人通りもめっきり減り、残りのマッチが売れるか心配でした。もしこのまま売れなかったら、暖かい部屋もチキンもミルクもありません。明日《あす》も早起きして、聖堂《せいどう》への雪道《ゆきみち》でマッチ売りをしなくてはなりません。いつまでこんな寒くてひもじい思いをしなければならないのか、継父《ままちち》はいつまであんな風《ふう》なのか、アリーサは泣きたくなりました。でも、泣いても温《ぬく》くなるわけでもなく、空腹《くうふく》は空腹のままですから、歯を食いしばって涙をぬぐい、凍《こご》えて動かなくなった指先《ゆびさき》を温《あたた》めようとしました。売《う》り物《もの》の「すぐに火が点《つ》く天使《てんし》のマッチ」を一本取って、箱の縁《ふち》の擦《す》り紙《かみ》にマッチの頭《あたま》を押《お》し付《つ》けると、パチン、シュッと音がして火が点《つ》きました。

そのとき、「オイ子供、邪魔《じゃま》だ」と声がして荷馬車《にばしゃ》が通《とお》りました。車輪《しゃりん》がアリーサの頬《ほほ》を掠《かす》めて行きました。あぶなく轢《ひ》かれるところでしたが、凍《い》てついた身体《からだ》をどうにか動かし、営《えい》業《ぎょう》を終えたパン屋の軒先《のきさき》に佇《たたず》んで、二本目のマッチを擦《す》りました。

すると、不思議《ふしぎ》な感覚《かんかく》になりました。マッチを摘《つ》まむ指先《ゆびさき》から、身体《からだ》の芯《しん》に向《む》かってじわじわと暖気《だんき》が這入《はい》り込《こ》んできて、ものの数分で、足先《あしさき》からお頭《つむ》の上まで、ほんわりと温かくなりました。そして、お頭《つむ》と睫毛《まつげ》にのった雪を払い、目を大きく見開いて炎《ほのお》の真《ま》ん中《なか》を見ていると、天使《てんし》がふわふわ舞《ま》っています。その子がスッといなくなったら、今度は、聖母《せいぼ》だか亡《な》くなった母親《ははおや》だか、見覚えのある婦人《ふじん》が現《あらわ》れて、「このマッチが売れますように」とアリーサにことばをかけてくれました。そのあとも、炎《ほのお》はしばらく灯《とも》り続《つづ》け、炎を見つめながら、食《た》べ物《もの》や綺麗《きれい》な服《ふく》をこころに描《えが》くと、炎《ほのお》は強《つよ》さを増《ま》してアリーサの気持《きも》ちに応《こた》えてくれるようでした。そこでアリーサは三本目のマッチを擦《す》って、レストランで見た美味《おい》しそうなロールキャベツを思《おも》い描《えが》いてみたところ、何日《なんにち》も空《から》っぽだったお腹《なか》がぬくぬくと温《あたた》まって、本物のロールキャベツを食べたときの満腹感《まんぷくかん》を得るのでした。

アリーサがマッチの炎から視線《しせん》を外すと、目の前にお客が並んでいました。そして「マッチをおくれ」といいました。アリーサのマッチはすぐに売り切れ、どの客もアリーサのみすぼらしさを気《き》の毒《どく》がって、一つ三クローネを支払《しはら》ってくれたので、少しばかり儲《もう》けが出ました。アリーサは、家に帰る前にもう一度市場のマッチ屋に立ち寄って、明日の一月一日《いちがつついたち》に、聖堂の近所で売るための「すぐに火が点《つ》く天使のマッチ」を五十個仕入れました。そこで店主《てんしゅ》に相談《そうだん》を持ちかけました。

「おじさん、お願いがあります。今夜はこの店で寝かせてください。家に帰ると継父《おとうさん》にがなられて、儲《もう》けがお酒に変わってしまうから」

「わかった。うちの娘と一緒《いっしょ》に寝《ね》な。お前は利発《りはつ》だし、商売《しょうばい》もうまい。もし明日《あした》も泊《と》まるなら、ベッドを入《い》れといてやる」

(三)

アリーサは、朝早く起きて店を出ました。聖堂《せいどう》に着《つ》くと、祭壇《さいだん》の前まで行ってお祈《いの》りを捧《ささ》げました。頭《こうべ》を垂《た》れ、十字《じゅうじ》を切《き》っていると、母だか聖母だか、また声が聞こえました。「すぐに火が点《つ》く天使のマッチを一つ、神父《しんぷ》さまに差し上《あ》げなさい。マッチの魔法《まほう》はあなたの胸《むね》にしまっておきなさい。食べるものがなくなったら、一日一回だけ、マッチの炎《ほのお》に頼《たの》んでみなさい。寒《さむ》くなったら、火を点《つ》けて暖《だん》を取《と》りなさい」

それは確《たし》かに母の声でした。聖堂《せいどう》に飾《かざ》ってあった聖母の絵は母にそっくりでした。


アリーサは、神父さまにマッチを一箱《ひとはこ》差《さ》し上《あ》げてから外に出て、「すぐに火が点く天使のマッチ」を売り始めました。すると、昨日《きのう》マッチを買ったというお婆《ばあ》さんがやって来て「窯《かま》に火を焚《た》きつけるのにマッチを擦《す》ったら、台所《キッチン》の長机《ながづくえ》にタマゴが一箱《ひとはこ》あらわれた」、次の客は「パンが三斤《さんきん》[3]あらわれた」、次の客は「このマッチで点《つ》けた蠟燭《ろうそく》は短くなることがない」と、次々にそんなことをいって天使のマッチを買って行きました。しかしアリーサは、「そんな魔《ま》法《ほう》、このマッチは持ち合わせていません。ですから大騒《おおさわ》ぎしたり、人に話《はな》さないでください。マッチ箱が空《から》になったら、マッチ棒だけ安く売ります。また来てください」といって客を帰すのでした。

新年《しんねん》も、一週間が過《す》ぎました。アリーサは、マッチ箱の裏に、店の住所を書き込んでおいたので、客はアリーサを探《さが》さなくてすみ、直接、市場の店に来るようになりました。そして客は「マッチを擦《す》ると、ワインやパンや暖炉《だんろ》の薪《たきぎ》が何度かあらわれたが、今は何も出て来ない、どうなっている」と文句をいいました。

「ですから、初めからそんな魔法《まほう》はありません。モノが飛び出すのを当てにするなら、もっといいマッチがありますよ。こちらのマッチを試してみてください」

マッチの名前は「あなたにも訪《おとず》れる幸福《しあわせ》のマッチ」に変わっていました。「でもお客さん。このマッチ箱に祈ってもダメです。聖堂の聖母さまにお祈りしてください」

（四）

それから七年経《た》ちました。マッチ屋の店主は老いて昨年亡《な》くなりましたが、アリーサは、二つ年上《としうえ》の店主の娘、テミリナと力を合わせ、仲良く店を切り盛りしています。今では「天使のワイン」、「天使のパン」、「天使のチーズ」、「天使の燭台《しょくだい》と蠟燭《ろうそく》」、「天使の鍋《なべ》」、「天使のスプーン」など、いくつかの食材《しょくざい》と雑貨《ざっか》を扱《あつか》う店を経営《けいえい》していますが、「天使のマッチ」は表立《おもてだ》って商《あきな》うことはありません。

クリスマスが終わるとアリーサは、「ちょっと外に出てきます」とテミリナに告《つ》げ、あの「天使のマッチ」を数個《すうこ》、エプロンのポケットに入れて街に出ました。雪が舞ってきました。レストランのガラス扉《とびら》の前に立って、中を覗《のぞ》いている粗末《そまつ》な服《ふく》の少女を見つけました。

「お名前は」

「オリビアです」

「このマッチを擦《す》ると身体《からだ》が温《あたた》まるので試してみなさいな。それから、聖堂でお祈りをしてお家《うち》へお帰り。パンと温《あたた》かいシチューと綺麗《きれい》な上着《うわぎ》、セーターが届《とど》いていますよ。そして今夜もお父《とう》さんが飲《の》んだくれてあなたを叩《たた》くようなら、わたしのお店を訪ねて来なさいね」

アリーサはそういって立ち去りました。この日は、街でマッチを五つ配《くば》って、夕刻には店に戻りました。アリーサは、今年も大晦日《おおみそか》の夜八時まで、天使のマッチを配《くば》ろうと思っています。

【注釈】

※異聞　いつもの内容とちがう珍しい話

1　継父《ままちち》　実《じっ》の父《ちち》でない母親《ははおや》の夫《おっと》

2　飲《の》んだくれ　酒《さけ》ばかり飲《の》んで働《はたら》かない人

3　三斤《さんきん》　食パンの単位。一斤の重さは約四百グラム

二　小人《こびと》の靴屋《くつや》異聞

おもな登場人物

ハミル……………小人の靴屋　弟
ヘルゲ……………小人の靴屋　兄
ユリア婆《ばあ》さん……ユリア靴店の女将《おかみ》で、小人の靴屋に衣服《いふく》をプレゼントした情《なさけ》の厚《あつ》い人
リゲル爺《じい》さん……リゲル靴店の店主
リゲル婆《ばあ》さん……リゲル爺《じい》さんの妻
聖クリスピン・聖クリスピアヌス……革職人《かわしょくにん》の守護聖人《しゅごせいじん》
ラケル……………靴屋の若い店主
ラケルの妻

（一）

ええ、わたしは、こびとです。小人《こびと》の靴屋《くつや》です。双子《ふたご》の兄もわたしも、背丈《せたけ》は二十四センチしかありませんけれど、体格はなみです。体重は分かりません。わたしたちの親方《おやかた》は聖《せい》クリスピンさま・聖クリスピアヌスさまと申しましてね、革《かわ》をあつかう職人《しょくにん》たちの守護聖人《しゅごせいじん》です。大きな聖堂《せいどう》はもちろん、街外《まちはず》れの教会《きょうかい》にも、聖像《せいぞう》やら聖画《せいが》がありますよ。そのクリスピンさまは、方々《ほうぼう》の靴職人《くつしょくにん》たちをいつも気にかけておられます。なぜって、七百年も前の話、ご自身が靴屋でしたから。しかも双子でした……。一介《いっかい》[1]の靴屋がなぜ聖人になれたのか、神父《しんぷ》さまにでも訊《き》いてみてください。新しい土地で靴屋をしながら、教えを広めるのに苦労《くろう》されたことだけはわたしたちも知っていますが。

ところで、わたしはハミル、兄はヘルゲ。クリスピンさまのお使いで、ある靴屋へお手伝いに行くところです。今夜の行先は、市庁舎裏の、ええと、リゲル爺《じい》さんの店です。

兄《にい》さん兄《にい》さん、ほらあそこ。ありましたよ、爺《じい》さんの店。ずいぶんと古い看板《かんばん》だけれど、クツ型の意匠《デザイン》も屋号《やごう》[2]の文字《もじ》も洒落《しゃれ》[3]ていて、店の構《かま》えもいいじゃないですか。客足《きゃくあし》が絶《た》えて困窮《こんきゅう》[4]しているとか、ウインドが煤《すす》けて内《なか》が見えないとか、誰が言い出したんだか……。ホントにここですかねぇ。とにかく店に入りましょ。

さて、どうやって入りますか、兄さん。勝手口《かってぐち》の猫《ねこ》ドアか、屋根《やね》に上って煙突《えんとつ》から……。煙突はイヤですよ。先週、ユリア靴店の婆《ばあ》さんが、お礼にと拵《こしら》えてくれたわたしたちサイズのワイシャツとチョッキとズボン、帽子《ぼうし》に前掛《まえか》け、おまけに靴まで付けてくれて。まだ汚《よご》したくないですよね……。あ、猫ドア、ありました。飼い猫に見つからないよう、兄さん、仕事場まで慎重《しんちょう》に入っていきましょ。

ほう、ここが仕事場《しごとば》ですか。おやまあ、なんと綺麗《きれい》な道具《どうぐ》たちでしょ。作業台《さぎょうだい》の上も棚《たな》に並《なら》んだ道具たちも、出窓《でまど》の鉢植《はちうえ》たちも、何から何まで美しく磨《みが》き上《あ》げられて、革切《かわぎ》り包丁《ほうちょう》にしたって刃こぼれ一つなく、どんなに硬い底革《そこかわ》でもスーッと切れそうですよ。兄さん兄さん、ホントにこの店なんでしょうか。……訪ねる店を間違えた？「市庁舎裏」までは合っているようだけれど、リゲル爺《じい》さんではなく、ひょっとして、まだ若《わか》い青年《せいねん》ラケルの店《みせ》なのでは……。市庁舎裏は五、六軒、靴屋が並んでいると、ユリア婆《ばあ》さんが言ってましたっけ。

（二）

お前《まえ》さんお前《まえ》さん、下の仕事場《しごとば》。ガサゴソガサゴソ音がしてますよ。きっとあの人たちだわ、小人《こびと》の職人《しょくにん》さん。……ちょっと見てきますよ。

……おやまあ。……はい、こんばんは。何と可愛《かわい》らしい人たちなんでしょ。そう怖《こわ》がらないで。あなた達《たち》のことは知っていますよ。ちょっと前に聖堂《せいどう》で、聖《せい》クリスピンさまに頭を下《さ》げていたとき、お声が聞こえてきましてね。ウチの店にもお使いをやるから、少々お待ちなさいって。それから半年、やっとウチの番《ばん》になりましたか。お忙しいのですねえ。

(三)

ああ、すみません、夜中に起こしてしまって。クリスピンさまのこともわたしたちのこともご存《ぞん》じなのですね。ええ……忙しいといえば忙しいのですが、どちらかといえばそうではありません。ちと複雑《ふくざつ》なんです。先週は、三日三晩《みっかみばん》続《つづ》けて靴を縫い上げたユリア爺《じい》さん家《ち》。都合《つごう》五足つくって、すぐにお客がつきましてね、デザインが斬新《ざんしん》とか、見事な縫製《ほうせい》だとか、ありがたいことばをいただいて、倍の値段で引き取ってくれたお客もいたので、チーズやソーセージ、パンを買うお金も入り、一時《いっとき》は楽になったのですが……ご存じのように街外《まちはず》れに靴工場《くつこうじょう》が二軒《にけん》もできました。昨今《さっこん》は、靴をつくる人と売る人が別々になって、足の寸法を取って靴をつくるお客さんが減ってきました。職人も、いい仕事をしてお客に喜んでもらいたい、という気持ちがなくなってくると、縫《ぬ》うのも[6]ひと手間《てま》かけるのも[7]億劫《おっくう》になってきます。客が来なくなった店で、職人は、通りを行《い》き交《か》う人々をただただ見ているだけ……。だから、兄のヘルゲと夜中に訪《たず》ねて、二人して革《かわ》を引《ひ》っ張《ぱ》り出し、切って縫《ぬ》って朝までに何足仕上げようが、靴を売ったカネをつぎ込んでまた革《かわ》を仕入れる、なんてことにならないんです。

そう、そのことですよ。工場《こうじょう》から靴《くつ》を仕入《しい》れて売るか、店をたたむか……。ウチの人もわたしもね、だんだん老《お》いて目もよく見えず、革《かわ》を叩《たた》くのも縫《ぬ》う力《ちから》もすっかり衰《おとろ》えたので、きのう売れた一足を最後に、もうお終《しま》いにしようと決めたの。仕事場の革や道具は、工場長《こうじょうちょう》がやって来て買い上げてくれる。店はパンの窯《かま》が入ってパン屋になる。わたしらは、馬車《ばしゃ》で小一時間行った村に小さい農場を借りて、ジャガイモでもつくって隠居《リタイア》する。そんなわけなのよ、親切《しんせつ》な小人《こびと》の靴屋《くつや》さん。

（四）

そうですか、承知《しょうち》しました。靴屋の衰亡《すいぼう》[8]はよく分かっています。で、やはり今夜《こんや》は立《た》ち寄《よ》る店を間違《まちが》えました。通り一本向《む》こうの、若いラケルの靴屋ですよ。何やらイヤな予感《よかん》がしてきましたよ、兄さん。表に出たら、はや足で駆《か》けて様子《ようす》を見に行きますよ。入り口が見つからなかったら、煙突に上がりますから。

……ああ惨《むご》い！　嫁と二人して、作業場の梁《はり》にロープをまわしたのですか。……ねえ兄さん。まだ温かいですよ。息はありませんが、そう、温かい。二人を下《お》ろして作業台《さぎょうだい》に寝《ね》かせたら、兄さんは暖炉《だんろ》に火を焚《た》きつけて部屋をうんと暖《あたた》めてください。わたしは走りに走って聖堂に戻《もど》り、クリスピンさまに今夜の失敗を報告した上で、クリスピアヌスさまの右手の「復活《ふっかつ》の剣《つるぎ》」をお借りしてきますから！　騒《さわ》ぎにならないよう店先《みせさき》も見張《みは》っていて下さい‼

（五）

きょうは十月二十五日。聖クリスピンの日です。ちょうど昼ごろ、クリスピンさまの聖像に深く頭を下げる男女《だんじょ》がありました。男《おとこ》はラケルといい、女《おんな》は嫁《よめ》で、ラケルは市庁舎広場の向こうにあるにローゼンバッハ靴学校《くつがっこう》の助教《じょきょう》をしています。二人とも、聖像《せいぞう》を前にすると、深い深い恩愛《おんあい》を感じるのですが、いつから、またどうしてそうなのか、よく分かりません。

嫁がいいました。

「クリスピンさまからことばを頂きましたが、聞こえましたか」

「ああ、聞こえたとも。『靴を磨《みが》きなさい。そしておのれを磨《みが》きなさい』って」

二人は聖堂を出て靴学校に戻るとき、シュレッツ酒場《さかば》の前を通りかかりましたが、以前そこは靴屋で、自身の店だったという記憶《きおく》はまったくありません。そして、二人はこんな話をしました。

「ねえラケル。わたし、このところ、あなたが作った靴の『磨《みが》き』に凝《こ》ってしまって。この間《あいだ》も、わたしの染色法《せんしょくほう》を見《み》に、靴工場の主任さんが訪《たず》ねて来たわ」

「知っている。君が調合《ちょうごう》する靴クリームと顔料《がんりょう》で靴が変わる。あれほどの透明感《とうめいかん》と深《ふか》みのある色調《しきちょう》にはみんな驚《おどろ》いているよ。学校を出て修行《しゅぎょう》を積《つ》んで、店を持つ若い靴職人《くつしょくにん》に、そっと教えに行ってあげよう。技《わざ》があれば客がつくってことをね。そしてこういうんだ。『靴を磨《みが》きなさい。もっとおのれを磨《みが》きなさい』ってね」

【注釈】

1　一介《いっかい》　微小でつまらないもの
2　屋号《やごう》　商店の名前
3　洒落《しゃれ》ている　センスがいいこと
4　困窮《こんきゅう》　こまり苦しむこと
5　勝手口《かってぐち》の扉《とびら》　台所にある外への小さな扉《とびら》
6　ひと手間《てま》　よりよくつくるためのちょっとの工夫《くふう》
7　億劫《おっくう》　めんどうで気がすすまないさま
8　衰亡《すいぼう》　衰えほろびること
9　助教《じょきょう》　教諭《きょうゆ》を補佐《ほさ》する助手《じょしゅ》の教員《きょういん》

三　マリアの娘と十三番目の扉《とびら》異聞

おもな登場人物

聖母《せいぼ》マリア
聖母に仕《つか》えるエヴァ
貧しい樵《きこり》の娘《むすめ》エミリア
男の子の天使レオン
女の子の天使リナ

（一）

[1]聖母《せいぼ》はときどき空の下の人々の暮《く》らしをご覧《らん》になります。そして貧困《ひんこん》に苦しむ親子《おやこ》を見つけると心が痛《いた》み、どうにも立ち行かない幼子《おさなご》には、使者《ししゃ》を遣《や》って引《ひ》き取《と》りに行かせ、十八の歳《とし》になるまで育《そだ》てるのを務《つと》めとしてきました。

ある日、聖母は側仕《そばづか》えのエヴァを呼んでこう命《めい》じます。

「あの森《もり》の樵《きこり》を見てごらん。粗末《そまつ》な家《いえ》には嫁《よめ》と五歳になる娘《むすめ》がいるのですが、この親子に明日が訪《おとず》れるかとても心配です。パンとチーズとぶどう酒を持って訪《たず》ね、娘を引き取ってきなさい」

樵の娘が聖母のもとへやって来ました。

「お名前は」

「エミリアです」

「わたしはマリアです。あなたのお父《とう》さまとお母《かあ》さまはわたしの子供たちなの。つまり、あなたはわたしの子供の子供ですから、わたしをお婆《ばあ》さまと呼んでもかまわない。しばらくはここがあなたのお家《うち》です。お行儀《ぎょうぎ》よく暮《く》らしなさい」

まだ小さなエミリアは、事《こと》の次第《しだい》を察《さっ》したようでした。エミリアに同《おな》い年の天使《てんし》が二人付《つ》きました。そして綺麗《きれい》な服《ふく》を着《き》せてもらってテーブルに着《つ》き、パンを食べ、カボチャのシチューをひと口すると、何日も食事らしい食事をしなかったことや、森での惨《みじ》めな暮《く》らしは遠《とお》い昔《むかし》のように思われました。

男の子の天使がいいました。

「ぼくはレオン。お代《か》わりが欲しければ、鍋《なべ》は扉《とびら》の向こうの台所《だいどころ》にあるからね。使った食器《しょっき》は自分で片付《かたづ》けて」

女の子の天使がいいました。

「わたしはリナ。あなたが十八になるまでずっと一緒《いっしょ》よ」

「はい、天使さん。わたしはエミリア……。ねえねえ天使さん、わたしの手を見て。柴《しば》を束《たば》ねるときにできた傷《きず》がすっかり消えているわ」

リナが答えました。

「ここはお空の上の国ですもの。手傷《てきず》を負《お》う人など一人《ひとり》もいないわ。傷をつくるようなお仕事もないの」

エミリアは寝室《しんしつ》に案内《あんない》されました。ふかふかのベッドと羽根布団《はねぶとん》の温《あたた》かさは格別《かくべつ》です。すっかり安心《あんしん》したエミリアは、深《ふか》い眠《ねむ》りにつきました。

（二）

　エミリアは、お付《つ》きの天使と養育係《よういくがかり》のエヴァのもとですくすく育ち、やがて十四《じゅうし》の美しい娘《むすめ》になりました。そしてある日、聖母とエヴァがやって来てこう告げられます。

「あなたはピアノが得意《とくい》なのね、エヴァから聞いていますよ。いずれゆっくり聴《き》きたいものだわ。ところで、あなたはきょうで十四《じゅうし》。大人《おとな》ということです。大人になったあなたに見せたいものがあります。ここに、森《もり》の館《やかた》の鍵《かぎ》が十三個、鉄輪《かなわ》に通《とお》してあります。わたしとエヴァはこれより地上《ちじょう》に降《お》りて、方々《ほうぼう》の聖堂《せいどう》や教会の聖像《せいぞう》、そしてHoly Cross《聖十字架》に光を与えに参《まい》ります。わたしたちが留守の間、館の扉を一つずつ開《あ》けて中の様子《ようす》をご覧《らん》なさい。あなたの人格《じんかく》を高めるお芝居《ドラマ》を見ることができます。登場する人々に共鳴《きょうめい》[3]したり反発《はんぱつ》[4]して、もっともらしい感情《かんじょう》を抱《だ》いたとき、ドラマは終わります。そのときは次の館の扉を開けなさい。十二番目まで開けて、すっかりドラマを鑑賞《かんしょう》したら、このレッスンは終わりです。一つ注意しておきますが、十三番目の扉の中のお話は未完成《みかんせい》ですから、扉を開けてはなりません。分かりましたか、約束《やくそく》ですよ。十三番目は決して開けてはなりません」

　聖母らは光につつまれて、エミリアが瞬《まばた》きした瞬間《しゅんかん》に消え去りました。

「あっ、聖母さまっ」

エミリアには聞きたいことがありました。この国に来た時、十八歳までいることができると、お付《つ》きのリナがいっていました。残りはあと四年です。四年経った誕生日の日、いったい自分はどうなるのだろう。最近は、ピアノの稽古中《けいこちゅう》にも、そのことが気にかかって集中《しゅうちゅう》できません。レオンに訊《たず》ねても「答えは聖母さまのお心の中」というばかりで、それ以上は訊《き》けません。エミリアの希望《きぼう》は、四年先も十年先も今の生活を続けたいというものです。エミリアは、夜になるとバルコニーに出て、きらめく流《なが》れ星《ぼし》に祈りを捧げてみるのでした。

（三）

朝、いつものようにレオンが、朝食後の日課《にっか》を伝えに来ました。

「午前中はピアノのお稽古《けいこ》です。午後から、鍵束《かぎたば》を持《も》って森《もり》の館《やかた》を訪《たず》ねます。僕《ぼく》らも初めて扉を開けます。とても楽しみです」

昼食を終えた三人は、わくわくする気持ちと得体の知れない不安が交差《こうさ》して、複雑《ふくざつ》な心持《こころも》ちで館にやって来ました。よく見ると、館は思いのほか重厚《じゅうこう》なつくりでした。リナが、「市庁舎《しちょうしゃ》のお隣《となり》の音楽堂《おんがくどう》を模したような建物《たてもの》ね。でも音楽堂の方がはるかに大きいわ」といい、事のついでに「街《まち》の中心には大聖堂《だいせいどう》があってね、その広場の右手には市庁舎、取り囲むように音楽堂に美術館《びじゅつかん》、博物館《はくぶつかん》に大学《だいがく》の校舎《こうしゃ》といった建物《たてもの》が並んでいるの。大通《おおどお》りの向《む》こうには市場《いちば》や歓楽街《かんらくがい》があるのよ。人々は毎日行き来して大層賑《たいそうにぎ》わい、皆幸《みなしあわ》せに暮《く》らしている」と語《かた》ったので、エミリアはすぐにでも降《お》り立《た》って、街《まち》を歩《ある》いてみたくなるのでした。

さて、エミリアは、館《やかた》の第一の扉《とびら》の前に立って、鉄輪《かなわ》の中の一《いち》の鍵《かぎ》を摘《つ》まみ、鍵穴《かぎあな》に入れてまわしました。鍵《かぎ》は軽《かる》い触《さわ》りで回転《かいてん》し、カツンと音がして開錠《かいじょう》したので、取っ手を両手で掴《つか》んで、力いっぱい押《お》し広《ひろ》げました。すると、入り口の向こうは、眩《まぶ》しい金色《きんいろ》の光《ひかり》につつまれて揺《ゆ》らめき、エミリアたちの来訪《らいほう》を歓迎《かんげい》しているようでした。そして光はすぐに消え、奥行《おくゆ》きが判《わか》らないほど遥《はる》か向《む》こうまで、綺麗《きれい》な装飾《そうしょく》の広間《ひろま》が現《あらわ》れました。エミリアはその広さと天上の高さに驚きました。

レオンがいいました。

「ここは……、市庁舎の大広間に似ている。そこでは毎月舞踏会《ぶとうかい》が催《もよお》されるんだ。市民は誰でも参加できる。けれどそれは建前《たてまえ》で、実際は踊るためのドレスや靴《くつ》、首飾《くびかざ》りや指輪《ゆびわ》を身につけないと、踊《おど》りの輪《わ》の中へ入って行けない」

レオンがそこまで話したとき、広間は着飾《きかざ》った男女《だんじょ》で満《み》たされました。楽団《がくだん》がワルツを奏《かな》でると、人々はめいめいに相手《あいて》を見つけ、いっせいに踊《おど》り始《はじ》めました。エミリアは、響《ひび》きわたるワルツと華《はな》やかな光景《こうけい》に目を奪《うば》われましたが、踊《おど》りの輪《わ》の中に入りたくても、ドレスもなければ踊《おど》りもよくわかりません。「ああ、あの婦人《ふじん》たちのように楽《たの》し気《げ》に踊《おど》りたい。お家《うち》に戻《もど》ったら踊《おど》りのお稽古《けいこ》をしなくては」と思い、人々の手足《てあし》の運《はこ》び、身体《からだ》の動《うご》きをしげしげと観察《かんさつ》するのでした。

とろけるような気分のエミリアに、リナが口《くち》[6]を挟《はさ》みました。

「だめよ、そんなお顔でいては。人々の様子をもっと注意深く見るのよ。ほら、天窓《てんまど》の下あたりにいる二十歳《はたち》くらいの娘《むすめ》が二人《ふたり》。お相手《あいて》は、今は父親《ちちおや》よ。妹《いもうと》の方《ほう》は叔父《おじ》さん。その父親はね、市場《いちば》を運営《うんえい》する商人《しょうにん》たちの親玉《おやだま》よ。とくに仕事らしい仕事はないの。市場の運営者《うんえいしゃ》というだけで毎月莫大《ばくだい》なお金《かね》が入って来る。そのお金《かね》の使《つか》い道《みち》が二人の娘よ。金銀《きんぎん》の絹糸《シルク》でつくらせた舞踏のドレスに銀のティアラ。まるでどこかの国の王妃《おうひ》さま。二人の娘も父親も、心の底でそれを狙っている。けれど、ドレスも装飾品《そうしょくひん》も派手《はで》すぎて、お忍《しの》びでやって来る諸侯《しょこう》の青年方《せいねんかた》も声《こえ》をおかけにならない……」

「わかったわ、リナ……。あっ、青年が現れて、父親に代わって手を取ったわ」

「あの男性《だんせい》は……、父親が手配《てはい》した劇団《げきだん》の男優《だんゆう》だわ。娘はそれを知らないの」

「そう……、何だか哀《あわ》れだわ。虚栄《きょえい》に虚飾《きょしょく》、見栄《みえ》っ張《ぱ》りに気付《きづ》くべきね」[7]

エミリアがそう口をきいたとき、目の前の舞踏会《ぶとうかい》は消え去って、館はがらんどうになりました。二人の天使はエミリアの感想に笑みを浮かべ、三人はそろって扉の外に出ました。扉の上の扁額《へんがく》は、先ほどまで名無《なな》しでしたが、「虚栄《きょえい》の館《やかた》」と記《しる》されていました。

（四）

次の日三人は、まだ名前の付いていない二番目の扉の前にやって来ました。レオンがいいました。

「ドラマはあと十一ある。それは、僕らにとっての大人への階段のようだね。どういう人々が出てこようとも、正しい見方をしなくてはいけない」

エミリアはコクンと頷《うなず》いて、鍵《かぎ》の束から第二の鍵を摘《つ》まんで、扉の鍵穴《かぎあな》に差《さ》しました。中に入ると、きのう見た男優と姉妹《しまい》の妹《いもうと》が踊っていました。一方、姉《あね》のお相手は、相変わらず品のない父親でした。姉はすぐ隣で踊る妹を見て目が吊り上がり、口をへの字にしていました。

「おやおや、お姉《ねえ》さまったら、ひどく怒《おこ》った様子だけれど、妹《いもうと》のお相手《あいて》はどこぞの貴公子《きこうし》ではないのでしょ。まあいいわ。……嫉妬《しっと》にやきもち、そんな気持ちで一杯のようね」

場面《ばめん》が変わりました。妹のお相手だった男優と、また別の男優と、演出家《えんしゅつか》の三人が劇場《げきじょう》の稽古場《けいこば》で何やら言い合っています。天使のリナが彼らの様子をこう説明しました。

「主役《しゅやく》と脇役《わきやく》をめぐって、自分を売り込んでいるのよ。男優は主役だったけれど、降りたくない。でも演出家は、品のいい若い男優を見つけてきて、主役を変えようとしている。腹立たしいでしょうが、主役だった男優は、演出家や劇場の支配人《しはいにん》には逆《さか》らえない」

エミリアがいいました。

「ねえレオン、言い合いは収まったけれど、主役だった男、何か危《あぶ》なっかしいわ。事件にならなければいいわね。オンナの嫉妬《しっと》もオトコの妬《ねた》みも、見ていて嫌《いや》な気持《きもち》になるわ……」

ドラマが途切れました。第二の扉の扁額《へんがく》は「妬《ねた》みの館」と記されました。

（五）

扉の向こうのドラマは始まったばかりですが、どうやらそれは、エヴァに教授《きょうじゅ》してもらった「十《じゅう》の戒《いまし》め」の具体例《ぐたいれい》でした。おかげでエミリアは、ことばとしては知っていたので、扉の向こうで見るドラマにはすぐにことばが浮《う》かんできて、人の感情《かんじょう》や情念《じょうねん》を言い当てることができました。そして三番目の館《やかた》では、市長《しちょう》のマッテオが、庁舎《ちょうしゃ》の職員《しょくいん》に、ことば使いがなっていないとか、勤務中《きんむちゅう》に私語《しご》が多いとか、制服《せいふく》がシワだらけでみっともないとか、出《で》入りの業者《ぎょうしゃ》を呼び止めては、橋の工事の見積《みつ》もりが高額《こうがく》なので業者《ぎょうしゃ》を変えるとか、インクや用紙《ようし》は在庫《ざいこ》が切れる前に納品《のうひん》しておけとか、朝から晩までずっと不機嫌《ふきげん》で、文句《もんく》や嫌味《いやみ》が途切《とぎ》れることがありません。これを傍《かたわ》らで見ていたエミリアは、「怒鳴《どな》ったり、叱《しか》りつけたり、見ているこちらが不《ふ》愉快《ゆかい》になるわ……」といったところで、三番目の扉には「怒《いか》りの館」の文字《もじ》が入りました。

次の日は、物事《ものごと》にすぐに飽《あ》きてしまう青年《せいねん》が現《あらわ》れると「そのうちに、生きていることにも飽《あ》きたといい出しそうね」といったところで扉の扁額には「倦怠《けんたい》の館」の文字が、そして五番目は「悲嘆《ひたん》」、六番目は「強欲《ごうよく》」、七番目は「貪食《どんしょく》」、八番目は「淫蕩《いんとう》」、九番目は「高慢《こうまん》」、十番目は「偸盗《ちゅうとう》」、十一番目は「悪口《わるくち》」の文字がそれぞれ入りました。そして十日ほど経ちましたが、この間《かん》、どうした訳《わけ》かエミリアの背丈《せたけ》はスラリと伸《の》び、体つきも顔つきも大人の女性になっていました。そんな中、エミリアは、「もう十七歳を超えた……」と思うと同時に、人々の暮らしと、人と人の関わりをたくさん見て、「早くこの国を出て街に降り立ち、皆の暮らしを豊かにするような仕事をしたい」と思うようになっていました。それを聞いたお付《つ》きのリナは、「そうよ、あなたならできるわ。あと二つドラマを見たら、わたしたち、お別れよ」と離《り》別《べつ》を仄《ほの》めかしましたが、エミリアはリナをじっと見つめ、「はい」といって覚悟《かくご》を決《き》めました。

（六）

十二番目の館《やかた》のドラマは、ちょっと怖《こわ》い感じでした。少女が一人、森の大きな楠《くすのき》のウロの中で泣いていました。少女はもう数か月、ウロの中で雨風《あめかぜ》を凌《しの》ぎながら木の実を食べて生活しているようでしたが、なぜそんな事態《じたい》になったのか、リナがこう説明しました。

「あの娘《こ》はね、ルイーザというの。あなたと同じように十四のとき、森の館の扉を開けて、あなたが見てきたドラマとはまた違った人々の暮らしを見、お空の下の様子を勉強していたのだけれど、うっかり十三番目の扉を開けてしまったのよ」

「まあ大変。ルイーザはどうなったの」

「聖母がお戻りになって、お訊《たず》ねになった。『十三番目の扉を開けなかったでしょうね』って。ルイーザは答えたわ、『はい、扉は開けませんでした』と。でも聖母は分かっていた。ルイーザは、聖母と目を合わせなかったの。やがて額に汗が出て、意識を失ってその場に倒れた。で、目覚めたらウロの中よ。お空の下に落とされたばかりでなく、ものを喋《しゃべ》るお声も取り上げられたの」

「……、厳しいお仕《し》置《お》きね」

「そう、ウソをついたこと、素直《すなお》に謝《あやま》らなかったことは、聖母には思いがけない態度《たいど》だった。彼女はほぼ十年、お空の上のこの国で育ったけれど、ほんの小さなウソが、聖母の慈愛《じあい》[9]を砕《くだ》いてしまったの。聖母は、ウソをもっとも嫌《きら》うお方《かた》なの」

「ウロの中のルイーザはどうなるの」

「エヴァさまによれば、道は二つ。ルイーザは、扉を開けたことを正直にいい、二度とウソをつかないと誓《ちか》うの。で、猟師《りょうし》に発見《はっけん》され、街にもどる。十八の彼女は裁縫《さいほう》が好きだったから、服飾学校《ふくしょくがっこう》の寄宿舎《きしゅくしゃ》に入って勉強《べんきょう》し、第二の人生をスタートさせるの。もう一つは、隣《となり》の国の王子《おうじ》さまが、狩《か》りの途中《とちゅう》、ウロの前でルイーザを発見《はっけん》して国に連れて帰る。ルイーザは、ことばを取り上げられて声は出せないけれど、とにかく美しい娘《むすめ》だったので、王子さまは家臣たちの反対を押し切ってお妃《きさき》に迎えるの。そして一年後、男の子が生まれる。そこに聖母がやって来てまた問うの。『扉を開けて中を見たと正直に言えば声は元にもどします。開けていない、と言うのなら、子供はわたしが預かります』。ルイーザは、そこで損得を考えるのね。で、強情を通して「開けていない」という。声を取り戻すと、王子さまに、身《み》の上《うえ》を話さなければならないでしょ。王家の生活は失いたくないと、そう思うのね」

「……、ウソに強情《ごうじょう》、悔《く》いない、改心《かいしん》しないって、わたしには理解《りかい》できないわ」

「そうね。でも人が出会う事件《じけん》や事故《じこ》って、大方《おおかた》はその人の性格《せいかく》が呼《よ》び込《こ》むのよ」

「ルイーザはどちらを選ぶの」

「あなたならどちら」

天使のリナがそう訊いたところで、十二番目の扉には「妄語《もうご》の館」と文字が入って、十三番目の扉と鍵が残りました。でもエミリアは、ルイーザの物語を聞いたところで、館へはもう近寄りたくない、と思うのでした。

（七）

朝、いつものように天使のレオンがやって来て日課《にっか》を申し送りました。

「きょうは聖母さまが帰国されます。扉の鍵束をお返しし、館で見たお話の感想をお話しください。それから、お部屋に戻ったら荷造《にづく》りです。明日、あなたはお空の下に舞い降りて、人の暮らしを始めます」

エミリアは、久《ひさ》しぶりに聖母に面会しました。

聖母は、開口一番、「まあ、エミリア。十八歳の美しい女性になったわ。心の中も、ゆがみはなさそうね」といって、エミリアにピアノを弾くよう促《うなが》しました。エミリアは「エレンの歌第三番」を弾き、よく伸びる声で歌いました。

聖母がいいました。

「市庁舎の東に音楽堂があるの、知っているでしょ。その裏に音楽学校があって、あなたはその寄宿舎に入ります。そうそう、リナも付いて行きます。二年間、一緒に学ぶのよ。その後、あなたは音楽堂のピアノの主任《しゅにん》になる。リナはわたしのもとで賛美歌をたくさんつくる。あなたは、いいフィアンセを早く見つけなさいね」

話はそれだけでした。エミリアは、鍵束を聖母に返却《へんきゃく》しましたが、十三番目の扉の鍵が鉄輪から消えていることに気が付きました。

【注釈】

1　聖母《せいぼ》　キリスト教で、イエス・キリストの生母マリアの尊称
2　事《こと》の次第《しだい》　なりゆき
3　共鳴《きょうめい》　人の考え、行動に賛成すること
4　反発《はんぱつ》　人の考え、行動を受け入れないこと
5　建前《たてまえ》　おもてむきの考え
6　口を挟む　割り込んで話すこと
7　がらんどう　中になにもないこと
8　貴公子《きこうし》　高貴《こうき》な家柄《いえがら》の男子《だんし》
9　慈愛《じあい》　深い愛情

四　ウサギとカメ異聞

おもな登場人物

カメ介《すけ》
里《さと》の水車《すいしゃ》
ウサ吉《きち》

ある日、池のカメが里の水車《すいしゃ》のもとへやって来て、見立《みた》てを訊《き》きました。

「丘《おか》の向《む》こうのウサ吉《きち》と駆《か》けくらべの約束《やくそく》をしたンぢゃが、勝《か》てるかの」

「おや珍《めずら》しい。賢者《けんじゃ》のカメ介《すけ》さんが、ウサ吉に駆けくらべを挑《いど》んだ上に、勝敗《しょうはい》を訊《き》きに来るとは」

「そうぢゃ。ウサ吉が元気に跳《は》ね、毎朝街《まち》に出かけて行くのを見て、軽快に動く足が羨《うらや》ましい。で、勝負を持ちかけた」

「何か賭《か》けたのだな」

「ワシはあの足が欲しい。ウサ吉はカメの甲羅《こうら》が欲しい」

「そういえば、ウサ吉が申しておった。今月は草原《そうげん》で二十羽《にじゅっぱ》殺《や》られた。敵《てき》は鋭《するど》い鉤爪《かぎづめ》の鷹《たか》や鷲《わし》だ。羽音《はおと》もなく急降下《きゅうこうか》して掴《つか》まれたなら即《そく》、窒息《ちっそく》……。カメの硬《かた》い甲羅《こうら》を着《つ》けていれば、少しは安心だろう、とな。で、わたしに何をしてほしい」

「行司《ぎょうじ》ぢゃ。ワシはズルはせん。ひたすら歩くのみぢゃ。ウサ吉がズルを働《はたら》いたら、厳《きび》しく罰《ばっ》しておくれ。で、勝負がついた折《お》りには肢体《したい》の交換《こうかん》もお願いしたい」

ウサ吉とカメ介の駆けくらべの概要《がいよう》はこうです。スタートは、今いる水車小屋《すいしゃごや》で、ゴールは三つ先の小山の頂上。カメの足なら三日がかりです。賭《か》けた品物《しなもの》が品物《しなもの》ですから、水車はよくよく考えて、二人《ふたり》が本気で勝負するよう、また勝負に不利有利《ふりゆうり》が生《しょう》じないよう、ウサ吉はまる二日《ふつか》と二十三時間、遅れてスタートすることとしました。

ウサ吉がいいました。「さすがは水車さん。よい算段《さんだん》です。わたしは三つ先の小山まで一時間で走ればよいのですね。けれど最後の一歩まで、どちらが先か読めません。わたしにもかなりキツイ条件《じょうけん》ですよ」

カメ介は、一日目の午前零時《れいじ》にスタートしました。水車はカメ介を見送《みおく》りました。カメ介は三日続けて歩いたことがなかったので、途中《とちゅう》の休憩所《きゅうけいじょ》に家族を待機《たいき》させ、精《せい》のつく食べものを用意《ようい》させました。

一方《いっぽう》ウサ吉は、街で「ウサ吉せんべい本舗《ほんぽ》」という従業員《じゅうぎょういん》五人のせんべい屋《や》を営《いとな》んでいたので、水車小屋へはよく餅《もち》を搗《つ》きに来ます。そして店では餅《もち》を伸《の》ばし、四角《しかく》や丸《まる》の生地《きじ》をつくったり、焼き上がった煎餅《せんべい》に醤油《しょうゆ》を塗《ぬ》ったり、接客《せっきゃく》してお茶《ちゃ》を出したり、それは忙《いそが》しい毎日です。で、スタートの刻限《こくげん》をすっかり忘れ、水車小屋で搗《つ》いたうるち米《まい》を袋に詰めている最《さい》中《ちゅう》に「ウサ吉、刻限《こくげん》だ」と、水車に促《うなが》される始末《しまつ》でした。

粉《こな》にまみれたウサ吉は、弾丸《だんがん》のように駆《か》け出《だ》しました。夜《よる》は、ウサ吉自身《じしん》、視力《しりょく》は劣りますが、鷲《わし》や鷹《たか》は飛びません。ところが活発《かっぱつ》なのは梟《ふくろう》、鴟《みみずく》どもです。奴《やつ》らは耳《みみ》の聞《き》こえも一番で、ウサギは大好物《だいこうぶつ》ですから、ウサ吉の夜《よる》の行動《こうどう》は昼間《ひるま》の倍《ばい》も要注意《ようちゅうい》です。

ウサ吉は、夜中《よなか》の山道《やまみち》にカメ介が行くのを見ました。「ああ、もうすぐだ。梟《ふくろう》も鴟《みみずく》も襲《おそ》ってこなかった」と安堵《あんど》しました。ところが、ゴールの白線《はくせん》が目に入ったとき、カメ介を確かに追い越したのですが、カメ介が「もう体力の限界《げんかい》ぢゃ、ちかれた」といって伸《の》びてしまい、カメ介のお椀《わん》のような背中《せなか》に足を取られて転《ころ》んでしまいました。ウサ吉は、ゴールを越えたのかどうか、確認できないまま頭を打って意識《いしき》を失いました。応援《おうえん》のため、ゴールの待合所《まちあいじょ》にいたカメ介の家族とウサ吉の仲間たちは、二人を小屋に担《かつ》ぎ入れて介抱《かいほう》しましたが、熱戦《ねっせん》を演じた二人のどちらが勝ったのか、よくわかりませんでした。

二人が元気を取り戻した二日後、水車小屋で判定会《はんていかい》がありました。水車がいいました。「どちらも白線《はくせん》を越えられなかった。勝敗《しょうはい》は持《も》ち越《こ》しだ。次の駆《か》けくらべを十日後とする」

カメ介がいいました。

「ワシは体力がないことがよくわかった。この駆けくらべを取り下げたい」

ウサ吉がいいました。

「ならばわたしも同意《どうい》します。商《あきな》いが気にかかって駆《か》けくらべに集中《しゅうちゅう》できません」

散会《さんかい》したあと、水車がカメ介にいいました。

「ウサ吉が傍若無人《ぼうじゃくぶじん》[1]で暴慢《ぼうまん》[2]だったのは三年前までだ。今では美味《おい》しいせんべいをつくる立派《りっぱ》な職人《しょくにん》になっておる。何も心配することはない」

カメ介はニコッと笑みを浮かべ、ノソリノソリと棲《す》み処《か》の池へ帰って行きました。

【注釈】

1　傍若無人《ぼうじゃくぶじん》　深く考えることなく、思うままに振る舞うこと

2　暴慢《ぼうまん》　あらあらしく自分勝手《じぶんかって》なこと

五　おむすびころりん異聞

登場人物

森のネズミ

里の水車

柴刈《しばか》りのお爺《じい》さん

ある日、森のネズミが里の水車のもとへやって来て、こんな話をしました。

「里《さと》で[1]百姓《ひゃくしょう》をする爺《じい》がおってな、十日に一度、山で[2]柴刈《しばか》りをするんじゃが、昼めしのおむすびを地《じ》べたに落とした話、聞いておるか」

「ああ、わたしは何でも知っている。お前さんのようなお喋《しゃべ》りが時折現《ときおりあらわ》れて、方々《ほうぼう》の出来事《できごと》を伝《つた》えていくでな」

「そのおむすびが、コロリンコロリンどんどん駆《か》けて、大きな椎《しい》の根元《ねもと》の小穴《こあな》に落ちた。わらの棲《す》み処《か》の入《い》り口《くち》ぢゃ」

「知っておる。爺《じい》が小穴に首を突っ込んで中を覗《のぞ》いていたら、声が聞こえてきた。オヌシらの声か」

「そうぢゃ。おむすびは、始め兄者《あにじゃ》の足もとに転《ころ》がってきた。その兄者が拾って喰《く》うたんぢゃ。すると目を丸《まる》ぅして『ウマイ』と声を上げたんで、親父《おやじ》もオレも、分けてもろぅて口に入れた。ワシら、いつも喰うのはナマ米《ごめ》ぢゃろ。炊《た》いた米なんざぁ喰《く》うたことがない。炊いた米の美味《うま》いのなんの。それから三人で『ウマイウマイ』の大合唱《だいがっしょう》ぢゃ。『ああ、塩がきいたおむすびを死ぬほど喰いたい』と皆で騒《さわ》いだんぢゃ」

「爺《じい》はどうした」

「穴に首を突っ込んだままヘコヘコ謝《あやま》るんぢゃ。『すまんの。きょうはそれでシマイぢゃ。明日は余分に持って来《き》ちゃるけ』というて帰った」

「次の日、来《き》たか」

「来《き》たんぢゃ。婆《ばあ》に塩と味噌《みそ》の小《こ》むすびを五十もつくらせ、丁寧《ていねい》に笹《ささ》で巻《ま》いて。でよ、穴の外から、コロリンコロリン笹《ささ》むすびコロリン、と歌いながら放《ほう》り込《こ》んでくる」

「皆一つずつ喰《く》えたんか」

「いいや。ここの住人《じゅうにん》は二百ぢゃ。ワシは穴から出て行ってそのことをいうた」

「爺《じい》はどうした」

「『そう言われると思ぅた。ぢゃで、きょうは羽釜《はがま》をもって来た。炊《た》き方《がた》を教《おし》えちゃる』という。ならば目を瞑《つむ》ってワシの尻尾《しっぽ》につかまれ。小穴《こあな》が通れる身の丈になる、というて爺《じい》を穴に誘《さそ》い、家に招《まね》いたんぢゃ」

「ほうほう、爺《じい》を招《まね》いたか。で、どうなった」

「炊き出しが始まったんぢゃ、塩と味噌の小むすびを四百、爺《じい》が一人で握《にぎ》ったんぢゃ。それから爺《じい》がもって来たたくあんもぬか漬けもびっくりするほどうまかったんで、皆で喰うて、その作り方も教えてもろて、爺にお礼をして帰したんぢゃ」

「[3]葛籠《つづら》をくれてやったのだな。大きいのと小さいのをならべて『どちらか選べ』と。で、爺は小さい葛籠をもろて帰った。その足で爺はこの水車小屋に立ち寄ってな、笹むすびコロリンの話をして行った。爺は喜んでおったぞ、というより興奮気味《こうふんぎみ》だった」

「なぜぢゃ。ワシら貧乏《びんぼう》ネズミぢゃ。葛籠《つづら》の中身は金銀《きんぎん》ではないぞ。爺《じい》も婆《ばあ》も野良仕事《のらしごと》でいつもケガをするで、[4]膏薬《こうやく》やらガマの油《あぶら》やら白布《はくふ》やら油紙《あぶらがみ》やら、胃ぐすりの陀羅尼助《だらにすけ》も入れといた」

「金銀を入れんでよかったの。爺《じい》は正直者《しょうじきもの》だがお喋《しゃべ》りだ。迂闊《うかつ》にも隣家《りんか》の欲深《よくぶか》い爺婆《じじばば》に洩《も》らしたら、もめ事《ごと》のタネになったやも知れん。それよりも、爺《じい》が嬉《うれ》しかったのは土産《みやげ》ではない。『根《ね》の国《くに》の住人《じゅうにん》に初めて遇《お》うた』ということらしい。オヌシらは、爺《じい》にとっては『根の国に住む者』で『ネ・ズミ』だから、里《さと》で悪《わる》さする害獣《がいじゅう》とはちがう。神《かみ》さまのお使《つか》いほどに思われた。
・・・お使いさまがおむすびごときで金銀《きんぎん》をやるなんぞ、よっぽど変《へん》だ」
「そうぢゃな。ワシらも下手なことはできんな。ぢゃけんど、貧乏根《びんぼうね》の国《くに》びとのワシらは、ハナから金銀《きんぎん》なんぞ持《も》ち合《あ》わせておらん。やれる物はせいぜい薬《くすり》か布《ぬの》ぢゃ。次に来たら、藍染《あいぞ》めの野良着《のらぎ》でもやろうと思《おも》うちょる」

「それでよい。しかし、もっとよいものがあるぞ。知恵《ちえ》だ。[5]金目《かねめ》のものをくれてやったら、暮《く》らしはいっとき潤《うるお》うかも知れんが、無《の》うなったらしまいだ。片《かた》や米を炊《た》く爺《じい》のやり方は、オヌシらには[6]後々《のちのち》まで残《のこ》る。生活《せいかつ》を豊《ゆた》かにするのは金銀《きんぎん》ではない……」

それを聞《き》いた根《ね》の国人《くにびと》は、ふと思いました。

「そういえば、爺《じい》の田《た》んぼは川よりも高いところにあって、田植えをしたあと、爺はずっと桶で水を汲《く》み上《あ》げておった。この骨折《ほねお》り[7]をどうにかしてやりたいもんぢゃ……」

水を受けてギイと音《おと》をたて、爺《じい》の餅米《もちごめ》をペタコン、ペタコンと搗《つ》きはじめた水車も、同じことを考えていました。「川の水を高所《こうしょ》の田《た》んぼに注ぎ込むには……。おお、そうそう。揚水水車《あげみずすいしゃ》というのがある。ここはひとつ爺助け。羽根板《はねいた》を工夫するだけなのだ。森の仲間を集めて、揚《あ》げ水《みず》の知恵くらべをさせてみようかの」

ネズミも水車もよいヒラメキ[8]に小躍《こおど》りしました。


【注釈】

1　百姓《ひゃくしょう》　農業をする人
2　柴刈《しばか》り　野の小さな雑木《ぞうき》を刈り取ること
3　葛籠《つづら》　箱形のかご。材料はツヅラフジの蔓《つる》
4　膏薬《こうやく》　薬物《やくぶつ》を脂《あぶら》で練《ね》った塗り薬《くすり》
5　金目《かねめ》　金銭的価値《きんせんてきかち》が高いこと
6　後々《のちのち》　将来
7　骨折《ほねお》り　苦労して働くこと
8　ヒラメキ　よい考えが思い浮かぶこと

六　舌切《したき》り雀《すずめ》異聞

おもな登場人物

森のリス
里の水車
飼い猫のタマ
子スズメとその父母

ある日、里のリスが水車のもとへやって来て[1]激情《げきじょう》を吐き出しました。

「爺《じい》と婆《ばあ》の家《いえ》で飼《か》っていた子スズメが舌を切られた話、聞いておるか」

「ああ、わたしは何でも知っている。お前さんのような[2]野次馬《やじうま》が時折《ときおり》現れて、里の出来事《できごと》を伝えていくでな」

「子スズメ、気《き》の毒《どく》と思わんか。酷《ひど》いことをする婆《ばあ》と思わんか」

「ずいぶんと子スズメの[3]肩《かた》をもつのだな。聞けば、婆《ばあ》がつくった米粉《こめこ》の洗濯糊《せんたくのり》を舐《な》めてしまったそうではないか。婆が怒《おこ》るのも無理《むり》はない」

「糊《のり》は始め、猫のタマが舐《な》めていたンぢゃ。ほんの少し桶《おけ》に残った糊を子スズメも舐めた。爺が柴刈《しばか》りに出るとき、子スズメの餌《えさ》やりを忘れた。だから子スズメは腹《はら》が減《へ》って我慢《がまん》がならンかった。そこに婆《ばあ》が糊《のり》を取《と》りに来た。桶は空《から》ぢゃ」

「よう知っておるの」

「見ていたンぢゃ、[4]梁《はり》の上から。で、婆は[5]癇癪《かんしゃく》をおこして子スズメを掴《つか》み、『この舌《した》が糊《のり》を舐《な》めたのぢゃな』といって、子スズメの[6]言《い》い分も聞かず、舌《した》を[7]鋏《はさみ》でちょん切った。タマも一緒にその様子を見ていたンぢゃが、婆《ばあ》の[8]仕打《しう》ちが惨《むご》いので『あな恐ろしや』といって引《ひ》っ越《こ》しを決めた」

「ようわかった。で、わたしにどうしろという」

「舌をもとにもどしてやって欲しい。痛々《いたいた》しげで心《こころ》が落《お》ち着《つ》かン」

「切られた舌《した》はどこにある」

「さあわからン」

「なければもとにもどらない。子スズメはどこにおる」

「放《はな》たれて、三つ向《む》こうの山に帰って養生《ようじょう》しておる」

「よう知っているな」

「見てきたンぢゃ、どうなったか気にかかって」

「ならば連《つ》れて来るがよろしかろ」

リスはタマと一緒《いっしょ》に舌切《したき》り子スズメの家《いえ》を訪《たず》ねました。子スズメは嘴《くちばし》を包帯《ほうたい》でぐるぐる巻きにされ、寝込《ねこ》んでいました。父スズメは、遠路遥々《えんろはるばる》お見舞《みま》いに来てくれたリスとタマを労《ねぎら》いました。そのときタマは、「舌切りの原因《げんいん》をつくったのは自分だ」といって糊《のり》の一件《いっけん》を正直《しょうじき》に話し、詫《わ》びました。すると母スズメは、心《こころ》を開《ひら》いてこんな話をしました。

「この子がつかまって鳥籠《とりかご》に入れられ、ときどき籠《かご》から出されるのはいいけれど、足に紐《ひも》がかけられ、餌《えさ》をもらったりしていました。わたしたちは不憫《ふびん》で仕方《しかた》がありません。何とか救《すく》い出《だ》したいと思っていた矢先《やさき》の舌切り事件です。舌は半分なくなりましたが、放《はな》たれて自由《じゆう》になり、家に戻《もど》れました。婆《ばあ》に喰《く》われずに済《す》んだだけでも幸《さいわ》いでした」

[10]釈然《しゃくぜん》としない申しようでしたが、本音の半分くらいは聞けたので、リスの気持ちは穏《おだ》やかになり、「里の水車が力になってくれる」と子スズメの治療《ちりょう》を申し出ました。

リスとタマと子スズメは、里にもどって水車と面会《めんかい》しました。すると水車がいいました。

「舌をもとにもどすのだな。で、切られた舌をもって来たか」

「ニワトリが喰うてしもたらしい」

「なければ舌は半分のままだ。が、方法はある。そなたら何《いず》れかが舌を差し出す。舌切りは痛《いた》いぞ。声は出なくなるが、致《いた》し方《かた》あるまい」

リスとタマはことばを失《うしな》って顔を見合いました。リスは「一日待ってくれ。覚悟《かくご》を決めて来る」といいました。タマは「ならばわたしが舌を差し出します。婆《ばあ》の怒りは本来《ほんらい》わたしに向《む》かったはずですから」

それを聞いたリスは、「いや、水車さん。覚悟はできた。オレの舌を差し出すぞ。そもそも話を持ち掛けたのはオレだから。すぐに治療《ちりょう》を始めておくれ」

「わかった。三人とも屋根に上《のぼ》って横になっておれ。ワシがギイと音を立てて回り出したら、手術《しゅじゅつ》を開始《かいし》するが、すぐ終《お》わる」

「ギギ、ギイ……」

子スズメがチュンチュン鳴《な》き始《はじ》めました。リスは口の中に舌があるのを確かめました。タマも確かめました。

「婆《ばあ》の舌をわずかにもらった」と水車が声をかけました。リスとタマは[11]安堵《あんど》して[12]胸《むね》をなでおろしました。

【注釈】

1 激情《げきじょう》　激《はげ》しく強《つよ》い感情《かんじょう》
2 野次馬《やじうま》　興味本位の見物人《けんぶつにん》
3 肩をもつ　味方《みかた》すること
4 梁《はり》　屋根裏《やねうら》の太い材木《ざいもく》
5 癇癪《かんしゃく》　激しく怒ること
6 言い分　いいわけ。異議《いぎ》
7 ちょん切《ぎ》る　勢いよく切ること
8 仕打《しう》ち　人に対する悪い態度《たいど》、行為《こうい》
9 労《ねぎら》う　感謝し、いたわること
10 釈然としない　うたがいや迷《まよ》いが晴《は》れず、すっきりしないこと
11 安堵《あんど》　ほっとする
12 胸《むね》をなでおろす　心配《しんぱい》がなくなり、ほっとすること

七

猿《さる》蟹《かに》合《がっ》戦《せん》異聞

おもな登場人物

カニ
サル
里の水車
里の仲間たち

（一）

昔、カニがおむすびを拾《ひろ》いました。サルが木の上で[1]ひもじそうにしていたので声をかけ、「ほれ、これをお食べ」と半分差し出し、二人で美味《おい》しく食《た》べました。カニは何やら[2]ふさぎ込んでいるサルを心配して、「どうして空腹《くうふく》なのですか」と訊《き》きました。サルは、「木《き》の実《み》や芋《いも》が食《く》い荒《あ》らされて、食《た》べ物《もの》を探《さが》すのが大変《たいへん》なのです」と答えました。

「誰の仕業《しわざ》なのですか」

「向こうの山のサルどもです」

「なぜそんな悪さを働くのですか」

「山火事《やまかじ》でハゲ山になったのが原因《げんいん》だ、とダンゴムシがいっていました」

サルは空腹の足《た》しに、食い荒らされた柿《かき》の実《み》の滓《かす》から種《たね》を拾《ひろ》い集《あつ》めていたので、おむすびのお礼にたくさんの種を[3]進上《しんじょう》し、「明朝《みょうちょう》は、峠《とうげ》を三つ越《こ》えた山の麓《ふもと》まで足を延《の》ばしてみる」といって家に帰りました。

カニはサルを[4]気《き》の毒《どく》に思い、[5]越境《えっきょう》してやって来る悪《わる》ザルどもを不快《ふかい》に思いました。家に戻るとふと閃《ひらめ》いて、庭《にわ》の隅《すみ》や水車小屋の周辺や小川に沿って、サルに貰《もら》った柿の種を蒔《ま》きました。蒔《ま》いただけでは実が生《な》るのに八年もかかるので、知恵者《ちえしゃ》の水車に実が早く生るよう相談しました。水車はギイと音を立てて回りはじめ、「わかった。わたしに任《まか》せておきなさい」といいました。

それからカニは才槌《さいづち》、畳針《たたみばり》、石臼《いしうす》に杵《きね》を引き連れて森に入り、クマバチにカミキリムシ、ハサミムシに加えてウサギ、キジ、ヤマバト、ヒキガエルに声をかけ、向こうの山の悪《わる》ザルの来襲《らいしゅう》と自警団結成の話を持ちかけました。すると里は大騒《おおさわ》ぎになって、カワウソやイタチ、イイズナ、シカやイノシシ、ヒグマまでやって来て「とんでもないサルどもだ」、「けしからん奴《やつ》らは討《う》たねばならぬ」とみな興奮《こうふん》してカニの家《いえ》に集《あつ》まり、対策会議《たいさくかいぎ》を開《ひら》きました。みなは賢《かしこ》いイイズナの言《げん》を入れ、「種族《しゅぞく》ごとに五匹選抜《せんばつ》して部隊《ぶたい》を編成《へんせい》、稜線《りょうせん》に沿って駐屯《ちゅうとん》[6]させる。悪《わる》ザルが侵入《しんにゅう》してきたら角笛《つのぶえ》を吹いて警笛《けいてき》を鳴《な》らす」ということになって、部隊はそれぞれの屯所《とんしょ》に向《む》かいました。

（二）

自警団《じけいだん》の発足《ほっそく》[7]から三日経《た》った日の朝、柿《かき》の種《たね》自身が奮起したのか、水車の通力《フォース》によるものか、種は見事な柿の木に育ちました。花芽《はなめ》は雌花《めばな》ばかりで、朝青《あお》かった小房《こぶさ》が昼前には青柿《あおがき》になり、夕刻《ゆうこく》にはゲンコツよりも大きい熟《う》れた実になりました。

この様子《ようす》を家の小窓から見ていたカニは、飛び出した目が引っ込まなくなるほど驚《おどろ》いて、食べ物探《さが》しから帰ってきたサルに声をかけ、「裏の水車小屋の実がとくに美味《おい》しそうだから、得意の木登りをして取っておくれ」とお願いしました。

サルは木に登《のぼ》って実を二つ捥《も》ぎ、カニと仲よく食べました。するとサルがいいました。「こんなに美味しい柿は食べたことがありません。柿の木の天辺《てっぺん》から見渡せば、里は柿色に染まるほどの数です。山の自警団を縮小し、みなで収穫《しゅうかく》して箱に詰め、市場《いちば》へもって行きましょう」

サルはヤマバトを手招《てまね》きすると「柿商《かきあきな》い」の話をし、屯所《とんしょ》の者らに伝えるようお願いしました。するとヤマバトの長老《おさ》は「若い者を百羽ほど呼んですぐさま申し伝えさせましょう。里の動物たちにも声をかけましょう」といってくれたので話はすぐに伝わり、「美味《おい》しい柿がたらふく喰《く》える」、「給金《きゅうきん》[8]も出《で》るらしい」、「実はどれほど持って帰ってもかまわない」との話に触発《しょくはつ》[9]され、水車小屋に隣接《りんせつ》する広場には三百匹もの森の仲間《なかま》が集まりました。

すでに箱詰《はこづ》めの見本《みほん》は出来上《できあ》がっていましたから、実を捥《も》ぐ者、それを地面で受け取る者、頭陀袋《ずだぶくろ》に詰めて舟運《しゅううん》[10]する者、水車小舎で陸揚《りくあ》げし、作業場《さぎょうば》で実を綺麗に磨き上げる者、実を箱詰めする者、箱に「大《おお》きくて甘《あま》い水車《すいしゃ》の里《さと》の柿《かき》」の文字を書く者など、みなは協力し合って出荷《しゅっか》の作業《さぎょう》に励《はげ》みました。

こうして、カニとサルは巧《たく》みに分業《ぶんぎょう》[11]と協業《きょうぎょう》を指揮《しき》し、初日《しょにち》は百箱、二日目は二百箱を出荷《しゅっか》して、木枯《こが》らしが吹《ふ》くころには日に五百箱もの柿を卸《おろ》すことができました。さらに[12]師走《しわす》に入ってからは、まだ生《な》る柿の実を利用して干《ほ》し柿《かき》づくりが始《はじ》まりました。とろっとした食感《しょっかん》とハチミツのような甘さが受け、こちらも高値《たかね》がついたので、手狭《てぜま》な作業場《さぎょうば》は[13]千両箱《せんりょうばこ》が唸《うな》るほどになりました。やがてみなの暮《く》らしは潤《うるお》い、力を合わせると大きな商売《しょうばい》になることを知って、カニとサルは大いに慕《した》われ、甘柿本舗の社長、専務に就任するよう要請されました。そのとき、カニ社長は、例の悪《わる》ザルの来襲《らいしゅう》がどうなったのか話をしました。「自警団《じけいだん》の角笛《つのぶえ》は山で一度も鳴《な》り響《ひび》いたことはなく、悪《わる》ザルの姿《すがた》も侵入《しんにゅう》もなく、山は[14]平穏無事《へいおんぶじ》だった、と[15]チョウゲンボウが報告してくれた」とのことでした。

なぜ来襲《らいしゅう》がなかったのか、これには理由《りゆう》がありました。過日《かじつ》、柿の滓《かす》から種を集めた専務になる前のサルは、半分をカニに進上《しんじょう》し、カニが里《さと》で種蒔《たねま》きをしていたころ、決死の覚悟で相手の縄張りに深く入り込みました。そして山火事があった野原であまった種を蒔《ま》いたのでした。するとあちらはあちらで、やはりすぐ芽吹《めぶ》き、花が咲いて実をつけます。他所《よそ》に行って食べ物探しをする必要もなくなって、奪い合いは起こらなかったのでした。

「そんな事情《じじょう》を聞かなかったら、あなたの[16]果敢《かかん》な種蒔《たねま》きのことは誰も知らず、また、かの地がはげ山のままだったら、縄張り破《やぶ》りも頻発《ひんぱつ》し、衝突《しょうとつ》が起《お》こり、[17]殺戮《さつりく》に発展したかも知れません」とカニ社長は、サルの専務を褒《ほ》めたたえました。

（三）

カニ社長とサル専務は、水車小屋の並びに新築した甘柿本舗の役員室《やくいんしつ》で、多忙《たぼう》だった今年を顧《かえり》み、次の年の事業計画《じぎょうけいかく》を練《ね》っていました。が、このとき同席していたカニ社長の娘婿《むすめむこ》の婿《むこ》ガニと、サル専務の弟《おとうと》のサル次郎《じろう》は、社長と専務のやり取りを耳にしながら、金庫《きんこ》に唸《うな》る金子《きんす》がどう配分《はいぶん》されるのか気がかりで落ち着きません。婿《むこ》ガニは製造《せいぞう》と労務《ろうむ》を監督《かんとく》し、サル次郎は市場で拡販《かくはん》に努《つと》め、二人はそれぞれによく働いて柿商《かきあきな》いを軌道《きどう》に乗《の》せましたから、「莫大《ばくだい》な利《り》益《えき》は自分がもたらした」との自負《じふ》[18]があって、態度《たいど》は常《つね》に傲慢《ごうまん》[19]でした。「千両箱がヒトを変える」の思いはカニ社長もサル専務も共通《きょうつう》の心配事《しんぱいごと》でした。「二人は個々に問題を起こすだろう」と思われた矢先《やさき》、事件が起こりました。

いつまでも賞与《ボーナス》が出ないのを恨《うら》んで、婿《むこ》ガニは部下《ぶか》の才槌《さいづち》と畳針《たたみばり》と割《わ》れ鍋《なべ》を引《ひ》き連《つ》れて夜、金庫室《きんこしつ》にしのび込みました。また同時刻《どうじこく》、サル次郎も部下の石臼《いしうす》と横杵《よこきね》と竈《かまど》を引き連れて、千《せん》両箱《りょうばこ》を盗りに侵入《しんにゅう》したところで鉢合《はちあ》[20]わせになりました。小窓《こまど》から入る月明《あ》かりで、お互いがお互いを認知《にんち》したところで婿《むこ》ガニ方《がた》の畳針《たたみばり》と、サル次郎方《がた》の横杵《よこきね》が、刺股《さすまた》[21]をブン回して打ち合いが始まりました。そこに才槌と石臼と竈とサル次郎が加勢《かせい》し、取っ組み合いになり、竈《かまど》が火を噴《ふ》こうとしたとき、「はい、そこまでっ！」と地響《じひび》きのような唸《うな》り声《こえ》が聞こえて、部屋には多数の明《あ》かりが灯《とも》りました。賊《ぞく》らは目が眩《くら》んで怯《ひる》みました。

（四）

止《と》めに入《はい》ったのは水車でした。そして賊《ぞく》らは大勢《おおぜい》の里《さと》の仲間《なかま》に囲《かこ》まれていました。賊《ぞく》らにカニ社長がいいました。

「ここに金子《きんす》はありません。賞与《ボーナス》は昨日《きのう》のうちに配《くば》り終《お》えましたから。そしてあなた方《がた》は、まだ金庫を開けていないので[22]酌量《しゃくりょう》し、来年一年間はタダ働《ばたら》きとします。我慢《がまん》ならぬなら里を離れてもかまわない。ただし[23]路銀《ろぎん》はありません」

カニ社長とサル専務は、身内の失態を明らかにして、森の仲間の信頼をさらに得《え》、甘柿本舗《あまがきほんぽ》は大いに発展を遂げるかに思えましたが、商売《しょうばい》がうまく行きすぎて稼《かせ》ぎも大きくなると、ついて回《まわ》るのが欲《よく》と小悪大悪《しょうあくだいあく》です。そこで里の水車は考えます。

「カニはおむすびを拾《ひろ》わない。だからサルに与《あた》えることもない。カニは柿の種を蒔《ま》かないから柿商売《かきしょうばい》も生《しょう》じない。森の小さき者には普段《ふだん》と変わらない小さき暮《く》らしが合《あ》っている。小さき暮らしには騒動もない……」

夕刻、水車は水を塞《ふさ》ぎ止《と》めて、いつもと反対《はんたい》に回《まわ》りました。

朝、水車小屋の向こうにあった甘柿本舗《あまがきほんぽ》はなくなっていました。カニが通りかかりました。

カニは「おはようございます」と水車に挨拶《あいさつ》をして散歩《さんぽ》に出かけ、半時《はんとき》ほど里を歩いたのち、何事《なにごと》もなく家に帰り着きました。カニは[24]生業《なりわい》の紙漉《かみす》きをはじめ、晩方《ばんがた》には一杯《いっぱい》やって、一日を終《お》えました。

【注釈】

1　ひもじそう　空腹そうだ
2　ふさぎ込む　元気をなくし、落ち込むこと
3　進上《しんじょう》　ものを差し上げること
4　気の毒　同情して心を痛めること
5　越境《えっきょう》　なわばりを犯して入り込んでくる
6　駐屯《ちゅうとん》　（軍隊が）ある土地にとどまる。屯所《とんしょ》＝兵士などが詰《つ》めているところ
7　発足《ほっそく》　会が組まれ、活動を始めること
8　給金《きゅうきん》　給料《きゅうりょう》としての金銭《きんせん》
9　触発《しょくはつ》　あることをもとに行動の意欲を起こさせること
10　舟運《しゅううん》　舟《ふね》（エンジンのない）による輸送
11　分業と協業　仕事を（計画的《けいかくてき》に、組織的《そしきてき》に）分けて行うこと。皆で成し遂げること
12　師走　十二月

13　千両箱　千両が入る頑丈な木箱。小判一枚一両は四十万円。千両で四億円

14　平穏無事《へいおんぶじ》　おだやか。やすらかなこと

15　長元坊／チョウゲンボウ　ハヤブサ科の小型の猛禽《もうきん》

16　果敢《かかん》　勇《いさ》ましく行動するさま

17　殺戮《さつりく》　むごたらしいころしあい

18　自負　自信《じしん》と誇《ほこ》り

19　傲慢《ごうまん》　おごり高ぶって人を下に見ること

20　鉢合《はちあ》わせ　思いがけなく出会うこと

21　刺股《さすまた》　先が股《また》になった金属製の捕獲道具《ほかくどうぐ》

22　酌量《しゃくりょう》　処罰に手心を加えること

23　路銀《ろぎん》　旅に必要なお金《かね》

24　生業《なりわい》　生活のための職業、仕事

第二部

新・おとぎ話集

八 龍門りゅうもん

おもな登場人物

文具屋の主人……硯《すずり》職人で名前は王偉《おうい》
客の若者
捕手《ほしゅ》の役人
皇帝《こうてい》の側近《そっきん》で、ある宰相《さいしょう》
天に昇る龍
仙童《せんどう》の雨後筍《うごじゅん》

（一）

昔、唐《とう》の都《みやこ》のある街《まち》に、[1]科挙《かきょ》の試験《しけん》を三十年も受け続けた男がおりました。二十歳《はたち》の年に初めて挑《いど》みましたが、男はどの年も合格できず、いつしか顔に深いシワを刻《きざ》む歳《とし》になっていました。

男は、日頃の勉学以外にも、合格のためにさまざまな努力を重ねてきました。その一つはある受験者から聞いた方法で、春分の日、試験会場の龍門《りゅうもん》と呼ばれる門柱《もんちゅう》に、合格祈願《ごうかくきがん》と書いた短冊《たんざく》を貼るというものでした。

うわさでは、龍はその日の晩、門をくぐり抜けて[2]西王母《せいおうぼ》のもとへ昇《のぼ》るそうですが、龍がその門にやって来たとき、受験者の短冊が龍の目にとまったり、身体《からだ》に触れたりすると、祈願者《きがんしゃ》に幸運《こううん》が訪《おとず》れるといいます。

男ははじめ、これを疑《うたが》ってかかりましたが、その日の晩、龍門にやって来て短冊を一枚貼りました。そして次の年の春分の日の夜明け前、短冊を五枚貼りました。また次の年には他をおしのけて十枚貼りました。しかし、どの年も男には効き目はさっぱりで、翌年からはこれをやめ、試験の間際《まぎわ》には寺院《じいん》や聖人《せいじん》の[3]廟《びょう》を訪ねては願《がん》をかけ、また試みに記憶力が高まるという薬《やく》草《そう》を煎《せん》じて服《の》んでみたり、問題を読みさえすれば答案《とうあん》が思い浮かぶという不思議な匂袋《においぶくろ》を探しあて、試験会場に携行《けいこう》してはひそかに嗅《か》いでみる、といったこともしました。

日常にあっては、史書《ししょ》や法令《ほうれい》の重要な箇所《かしょ》を諳《そら》んじてはその写しを口に放《ほう》り込《こ》み、件《くだん》の煎《せん》じ薬《ぐすり》といっしょに飲み込むといった方法も試してみましたが、男はこれが原因で激しい腹痛《ふくつう》と下《げ》痢《り》に苛《さいな》まれ、勉学が立ち行かなくなるに及《およ》んでこのやり方も棄《す》ててしまいます。大方《おおかた》をやりつくした今日《こんにち》では、願《がん》かけには護摩《ごま》が一番と、寝所の壁に神仏の画《え》を貼って小さな火炉《かろ》を設《もう》け、朝な夕なに小枝を焚焼《ふんしょう》するのを日課《にっか》として過ごすのでした。

(二)

この男の生業《なりわい》[4]は、街はずれにある小さな文具屋《ぶんぐや》でした。きょうの日も、間近に迫った試験に備えて帳場《ちょうば》で史書を広げていましたが、珍しく開店と同時に若い客がやって来ました。

若者は、硯《すずり》が置かれた棚をしげしげと見てまわり、一つを選ぶのに大層まよっている様子でしたが、ふと棚の奥に手を伸ばすと、埃《ほこり》だらけの硯を引っ張り出していいました。

「これは売り物ですか」

硯は楕円《だえん》で小さく、ごくありふれたものでした。ところが店主はハッとします。父親が急《きゅう》[5]逝《せい》して店を継《つ》いだ三十年前、それは間違いなく自《みずか》らが拵《こしら》えたもので、初めて棚に陳列《ちんれつ》した硯だったからです。当時に思いを馳《は》せながら「こんなものがまだあったのか」と洩《も》らし、硯のふちに彫り込んだ龍に埃がたまっているのをこそげて、「この龍を彫るのに十年かかった……」と感慨深《かんがいぶか》[6]げにいいました。

若者は出来栄《できば》えに感心して「ご主人のお作《さく》でしたか」と声をかけます。店主は、得意げな表情になったかと思うとすぐに険《けわ》しい顔になり、硯職人《すずりしょくにん》だった父親にどれほど厳しく仕込まれたか、よい硯石《すずりいし》[7]を探すのに方々《ほうぼう》の川をどれほど歩いたか、といった話をはじめましたが、

「それもこれも遠い昔のことで、今は彫道具《ほりどうぐ》を手入れすることもありません。ある時《とき》から科挙《かきょ》を目指《めざ》すようになり、長い年月が過ぎました。商売にも身がはいらず、この先どうなっていくのか不安でしかたがありません……」とため息《いき》をつきました。

若者は慰《なぐさ》めることばに詰《つ》まりましたが、

「わたしもご主人と同じ境遇《きょうぐう》です。科挙《かきょ》は今年で三年目になります。ここを訪れたのは他でもありません。文具を新調《しんちょう》[8]して、新たな気持ちで試験に臨《のぞ》もうと思っているのです。わたしは運がいい。最初に入ったこの店で、偶然《ぐうぜん》にも気に入った硯が見つかりました。小さいながら見事です。どうかこれを売ってください」と懇願《こんがん》しました。

店主は、その硯が人手《ひとで》にわたるのを惜《お》しいと思いましたが、若者の凛《りん》とした顔つきと澄《す》んだ瞳《ひとみ》を見ていると、どうしたわけか嫌《いや》とはいえません。値段を考えましたが付ける気にもなれず、

「差し上げますから大切に使って下さい」といってしまうのでした。

（三）

　間もなく科挙の試験がありました。合格発表の日、龍門は朝からごったがえしていました。店主はこの年も落第《らくだい》[10]したようで、ひどく肩を落としています。そして人ごみを通り抜け、立ち止まって嗚咽《おえつ》[11]を洩らしたとき、硯をくれてやった若者と出遇《であ》いました。

　若者は合格したのでしょう、満面の笑みでしたが、店主の落胆《らくたん》を見て大層気《たいそうき》の毒《どく》がりました。店主は早足で行ってしまおうとしますが、若者は店主に伝えたいことがあったので、強引《ごういん》に腕をとらえ、口を開くなりこんな話をしました。

「あの硯には不思議な力が宿《やど》っているようなのですが、ご存じですか……」

　店主は呆気《あっけ》[12]にとられました。墨《すみ》を磨《す》っていると、墨池《ぼくち》の縁《ふち》の龍《りゅう》の彫《ほ》りが怪《あや》しげに光をおび、硯を離れ、浮遊《ふゆう》して舞《ま》い、あたりを大きく飛びまわったあと墨池に飛び込んで姿を消す、というのです。さらには、その墨で書《か》き付《つ》けを行うと、書くべき文字や図画《ずが》が脳裏《のうり》に浮かび、数式《すうしき》さえも答えが湧《わ》いてきて答案《とうあん》が書ける。学習したことはずっと記憶《きおく》に残る、といい、「このたびの合格はあの硯のおかげです」とお礼《れい》を述《の》べるのでした。

　店主は、胡散臭《うさんくさ》[13]い話だと思いましたが、「消え去った龍はどうなるのですか」と訊《たず》ねました。

「一晩《ひとばん》たつと、もとの硯の縁《ふち》に戻っているのです」

店に帰り着いた店主は、物置小屋《ものおきごや》に飛び込みました。若者の話は信じられませんが、むかし父親と川をめぐって石材《せきざい》を拾い集めたとき、父親は「龍の寝床《ねどこ》の石を見つけることだ」といっていました。そのことが気になった店主は、積み上げられた石を引っ張り出して、何か手がかりがないか確かめてみようと思ったのです。そして、ある石にうっすらと龍のうろこのような文様《もんよう》が浮かんでいるのを見出《みいだ》します。早速その石を切り出して、十年ぶりに鑿《のみ》を揮《ふる》いました。腕前を心配しましたが、道具は正確に彫《ほ》りを刻《きざ》み、若者にくれてやったのと同じ硯ができ上がるのでした。

店主はあらためて驚きます。墨を磨《す》ると彫り込んだ小さな龍がぼんやりと光りを放《はな》ち、若者がいっていたように浮揚《ふよう》して飛びまわり、墨池《ぼくち》に飛び込もうとしました。そのとき龍が口をききました。

「お前の望《のぞ》みは知っている。知っているが叶《かな》えてやれない。長い[14]道草《みちくさ》だったな……」

店主はそのことばに息をのみ、頭の中がまっ白になりました。それからというものは勉学《べんがく》にも朝夕の護摩《ごま》にも身がはいらず、十日《とおか》のあいだ天井《てんじょう》ばかりを見て過ごしましたが、やがて起き上がって、ふたたび物置《ものおき》から石を取ってくると、取り憑《つ》かれたように鑿《のみ》をあて、三日三晩《みっかみばん》仕事をしたのち、大小十個の硯をつくり上げました。

すると意外にも、あのときの若者に聞いたという客が何人も現れて、それぞれが高値を付けて引き取って行くのでした。これを[15]皮切《かわき》りに、店には書家《しょか》はもちろん画家《がか》に[16]儒家《じゅか》、僧侶《そうりょ》に豪《ごう》商《しょう》といった人々がやって来て、[17]一尺《いっしゃく》、一尺半《いっしゃくはん》といった大きな硯を注文していきます。店主は狼狽《うろたえ》えることなく仕事に励《はげ》み、驚くほどの早さで注文に応《こた》えましたが、どの客も、大金を積《つ》み上《あ》げても硯を手に入れたい金持《かねも》ちばかりでしたので、硯づくりが一区切りついたころには、金《きん》銀《ぎん》とあまたの贈《おく》り物《もの》の中で寝起《ねお》きするといった有様《ありさま》でした。

もはや店主には、科挙《かきょ》のことは頭の片隅《かたすみ》にもありません。この機会《きかい》に店を改装《かいそう》して嫁《よめ》を取り、[18]使用人《しようにん》を雇《やと》って贅沢《ぜいたく》な暮らしをはじめました。つくる硯は月に一つと決めて、あとはこの世の[19]享楽《きょうらく》に身を投じる生活ぶりでした。

（四）

三年ののち、文具屋の[20]栄耀《えいよう》にも翳《かげ》りが見えはじめました。硯の石材《せきざい》が底をついたのです。店主は、石を[21]調達《ちょうたつ》するのに旅の[22]支度《したく》を調《ととの》えていました。そのとき、皇帝《こうてい》の家来《けらい》と名乗る捕手《ほしゅ》が現れてこう告《つ》げられます。

「お前がつくる龍の硯だが、五《いつ》つ爪《つめ》の龍は皇帝だけの意匠《デザイン》だ。民《たみ》が彫《ほ》るのは大罪《たいざい》である」

男は捕《と》らえられ、[23]獄舎《ごくしゃ》に連行《れんこう》されました。そして刑務《けいむ》の役人が来て死刑《しけい》を言い渡されます。もちろん財産《ざいさん》は没収《ぼっしゅう》され、市中《しちゅう》に出まわった硯はことごとく回収《かいしゅう》するという触れが出されました。隠《かく》し持《も》っているだけで重罪《じゅうざい》でしたから、持ち主たちは惜《お》しみながらも役所に差し出さざるを得ませんでした。

ところで、文具屋はすぐに首を落とされたのかというとそうではありません。皇帝の側近《そっきん》のある宰相《さいしょう》[24]が硯のうわさを聞き、回収した硯をこころみに使ってみたのです。そして宰相はその不思議な力に驚くと、死なせるには惜《お》しいと男を獄舎から出して面会《めんかい》しました。宰相は、自身の地位《ちい》を脅《おびや》かす好敵手《ライバル》を失脚《しっきゃく》させるのに、より強力な策《さく》を構じられるような硯を望みました。ところが男は、石材がつきたので石探しの旅に出なければならない旨《むね》を申し伝えます。宰相はこれを許可《きょか》しました。

男は、監視《かんし》の者らを伴《ともな》って東行南下《とうこうなんか》を繰《く》り返《かえ》し、やがて西江《さいこう》の端渓《たんけい》[25]に出ました。そこから北上して江南《こうなん》の歙《きゅう》[26]、さらに北上して汾水《ふんすい》の秘境《ひきょう》にまで至《いた》り、石探しは三年におよびました。しかし、男の思い描く文様の石は見つかりません。

一行は、汾水を下って景勝の地、龍門《りゅうもん》[27]に出ました。男はここで美しい峡谷《きょうこく》の景色に目を奪われます。そして激流《げきりゅう》の様子を見たいと小道から身を乗り出したところで突風にあおられ、あろうことか眼下《がんか》の深い谷底に、蝶のように舞いながら転落してしまうのでした。

監視《かんし》の者は捜索《そうさく》することもなく、ただちに都《みやこ》にもどり、宰相《さいしょう》に男の顛末《てんまつ》[28]を伝えました。宰相は件《くだん》[29]の硯をかたわらにおいて軍略《ぐんりゃく》を練っている最中《さいちゅう》でしたが、男の最期《さいご》には表情を変えることもなく、「そうか」と言ったきりでした。

しかし宰相は、ある思いつきを記《しる》そうとしたとき、たやすく動いた筆が止まってしまい、顔色を変えます。慌てて別の硯を持ち出してきましたが、どれも龍の彫《ほ》り物《もの》は消えており、もちろん不思議な力は顕《あらわ》れず、男のつくったどの硯も同じでした。

（五）

木偶《でく》[30]の硯が古道具屋の片隅にならぶ頃、転落した男は、天に昇《のぼ》る龍の背中につかまって国中の龍門を巡《めぐ》っていました。ふと、男は龍に声をかけました。

「どこへ行くというのです」

「天界の女神《めがみ》のもとへ。名を西王母《せいおうぼ》さまという。そのお方がお前をお呼びでな」

「やり残したことがあるのですが」

「お前の命運《めいうん》は、龍のウロコ石を使いきった三年前に尽《つ》きた。地上でやり残したことはお前にはない」


男は深く溜息《ためいき》をつき、龍の頭の先の景色に目をやりながら、長すぎた道草《みちくさ》と晩年《ばんねん》の栄耀《えいよう》の日々に思いを馳《は》せました。やがて、二人はある龍門にさしかかりました。男はその門に見覚えがありました。そして、龍がするりと門をくぐり抜けたとき、柱に貼ってあった短冊《たんざく》を数枚手に取り、そっと懐《ふところ》にしまいました。

男は[31]瑶池《ようち》の館《やかた》に着きました。そして離《はな》れに仕事場《しごとば》を与えられ、気がつけば、昔のように石に巧《たく》みに鑿《のみ》をあて、十個目の龍の硯を仕上げたところでした。すると裏口《うらぐち》の扉《とびら》をたたく音がして、十歳くらいの[32]仙童《せんどう》が入って来ました。

「雨後荀《うごじゅん》といいます。ふだんは西王母さまの桃畑《ももばたけ》で野良仕事《のらしごと》をしています」と告げ、荷車に積んだ石の荷紐《にひも》を解《と》いて男の足もとに置きました。

雨後荀の挨拶《あいさつ》を受けて、男は王偉《おうい》と名乗《なの》りました。そして「このウロコ石は、あなたが切り出して来るのですか」と訊《き》きました。雨後荀によれば、桃畑の北の山裾《やますそ》に瀧《たき》があり、そこは天《てん》地《ち》を行き来する龍たちの水飲み場になっていて、何日も[33]逗留《とうりゅう》する龍もいる、とのことでした。

雨後荀は、「きょう運び入れた石がなくなりましたら、その瀧《たき》にお連《つ》れしますから、ご自分で龍のウロコ石を吟味《ぎんみ》して切り出してください」といいました。王偉は何だかうれしくなりました。加えて「わたしが作った硯はどうなるのですか」と訊《き》きました。「[34]蟠桃会《ばんとうえ》に招かれたお客さまのお土産《みやげ》になるそうですよ」

王偉は、来年の蟠桃会までに一千個もの硯をつくらなければならず、その数にぞっとしましたが、「ナイショですよ」といって雨後荀が懐《ふところ》から取り出した小さな蟠桃《ばんとう》をひとつ口に含むと、一瞬にして肩《かた》や腰《こし》のコリがとれ、身体《からだ》の内側から湧き上がる生気《せいき》が鑿《のみ》の刃先《はさき》に伝わって、石を打《う》っているという感覚がなくなり、ひたすら硯《すずり》づくりに励《はげ》むのでした。

【注釈】

1　科挙《かきょ》　中国で行われていた公務員登用の試験
2　西王母《せいおうぼ》　中国古代神話《しんわ》の女神《じょしん》。不老不死《ふろうふし》の仙桃《せんとう》を栽培《さいばい》する
3　廟《びょう》　先人の霊《れい》をまつる建物《たてもの》
4　生業《なりわい》　生活するための仕事
5　急逝《きゅうせい》　急死すること
6　感慨深い《かんがいぶかい》　思いを深く感じ、心がざわつくこと
7　硯石《すずりいし》　硯の石材《せきざい》
8　新調《しんちょう》する　新たに買《か》い求《もと》めること
9　凛《りん》とした顔つき　ひきしまった表情
10　落第《らくだい》　不合格《ふごうかく》
11　嗚咽《おえつ》　声を詰《つ》まらせて泣くこと
12　呆気にとられる　意外《いがい》なことがらに驚《おどろ》くこと
13　胡散臭《うさんくさ》い　何となくうたがわしいさま
14　道草《みちくさ》　他のことにかかわってむだに時間をついやすさま
15　皮切《かわき》り　事《こと》のしはじめ
16　儒家《じゅか》　儒学（中国の思想哲学）を講じる人
17　一尺《いっしゃく》　約三十センチ
18　使用人　お手伝いさん

19 享楽《きょうらく》　よろこび楽しむこと

20 栄耀《えいよう》　栄えてはぶりがよいこと

21 調達　取《と》り揃《そろ》えること

22 支度　準備《じゅんび》。用意《ようい》。身じたく

23 獄舎《ごくしゃ》　罪人《ざいにん》を閉《と》じ込《こ》めておく建物《たてもの》

24 宰相《さいしょう》　皇帝を補佐《ほさ》し、政治を行った官吏《かんり》（官員）。宰＝とりしきる。相＝たすける

25 端渓《たんけい》　西江（広東省広州）流域の都市。硯の石材の産地で、端渓硯は有名

26 歙《きゅう》　安徽省黄山県の都市で歙州《きゅうしゅう》硯を産する

27 龍門《りゅうもん》　黄河中流域にある河川交通の難所《なんしょ》。「登竜門」のことばの由来の地

28 顛末《てんまつ》　一部始終《いちぶしじゅう》。最初から最後まで

29 件《くだん》の　前にのべたこと。例《れい》の

30 木偶《でく》　役に立たないものをののしっていう語

31 瑶池《ようち》　西王母《せいおうぼ》の棲《す》み処《か》にある美しい池

32 仙童《せんどう》　仙人《せんにん》に仕《つか》えるこども

33 逗留《とうりゅう》　滞在《たいざい》

34 蟠桃会《ばんとうえ》　西王母の誕生《たんじょう》日《び》会《かい》。招待客《しょうたいきゃく》に蟠桃《ばんとう》が振る舞われる。蟠桃＝押し潰れた形の桃果。わずかに流通している

九　琴《きん》名《めい》人《じん》

おもな登場人物

孔仲《こうちゅう》

子游《しゆう》とその弟子《でし》

魯公《ろこう》

森、山、川の生き物たち

（一）

昔、魯《ろ》に孔仲《こうちゅう》という琴《きん》[1]の名手《めいしゅ》がおりました。孔仲は少年の頃、家が貧しかったので葬儀《そうぎ》の楽隊《がくたい》にはいり、鉦鼓《しょうこ》[2]を打ち鳴《な》らすことで糊口《ここう》[3]をしのいでいましたが、その楽隊で初めて琴と出会い、奏者《そうしゃ》の指さばきと音《おと》に魅《み》せられて琴の虜《とりこ》[4]になりました。

でも孔仲は、上の者に「お前には十年早い」と言われるばかりで、何年経っても琴に触ることができません。そこで孔仲は見様見真似《みようみまね》で木をけずり、絃《げん》を張《は》り、人知れず練習をはじめることになります。

孔仲は器用《きよう》な少年でしたから、工夫《くふう》を重《かさ》ね、絃《げん》の数を二十に増《ふ》やした瑟《しつ》までつくりました。最近では、独自《どくじ》の調《しら》べを持つまでになり、曲の数も百を超えています。そんな訳《わけ》ですから孔仲の琴への想いは並《な》みではありません。楽隊長《がくたいちょう》も舌を巻くほどで、それが人口《じんこう》[5]に膾炙《かいしゃ》して魯公《ろこう》にまで伝わると直《ただ》ちに取り立てられ、半年も経たないうちに楽師《がくし》[6]に任《にん》ぜられるのでした。

（二）

魯公《ろこう》は、若い孔仲をかたわらにおき、文書を読むときも食事のときも、夜の寝所にあっても琴を奏《かな》でさせました。魯公は、周辺国《しゅうへんこく》の諸侯《しょこう》を招いた折には、[7]笙《しょう》も笛も太鼓もしりぞけて三十もの琴をならべさせ、楽部《がくぶ》が織《お》りなす琴の美しい調べを披露《ひろう》するのを自慢《じまん》としました。孔仲も魯公によく応《こた》え、あたらしい調べを奏《かな》でては人々を大いに楽しませるのでした。が、ある時、この国を訪れていた隣国《りんこく》の訪問団に、当代一《とうだいいち》の名楽師《めいがくし》とされる子游《しゆう》の弟子《でし》が同行していることを知り、この者を訪ねることがありました。そして、浮かない顔の孔仲がいいました。

「お恥《は》ずかしい話ですが、最近のわたしは琴を奏《かな》で、[8]喝采《かっさい》を頂いても、なぜか満足が行かないのです。以前は奏《かな》でるうちにもみずからが悲しみをさそい、また心おどる楽しさがあったものですが、今は仰《おお》せにしたがって絃《げん》をはじく、といった有様《ありさま》です」

　男は、孔仲の素直《すなお》な心に感じ入り、才気《さいき》ある者が一度はぶつかる壁《かべ》のようなものだといい、わが師子游《しゆう》に会ってみてはどうか、と奨《すす》めた上で、いにしえの琴名人《きんめいじん》の話をしました。

「その方は瓠巴先生《こわせんせい》といいます。先生が琴を奏でるや鳥は空に舞い、魚《うお》は淵《ふち》に躍《おど》ったそうです。それがどんな音色《ねいろ》なのか、あなたなら判《わか》るはずです」

　孔仲は魯公に許可《きょか》をもらい、遊学《ゆうがく》の旅に出ました。斉国《さいこく》の都《みやこ》に着くと、まず子游に面会しました。髪《かみ》も髭《ひげ》も銀色に輝き、眼光《がんこう》は矢を射《い》たように鋭く、一見《いっけん》して[9]人品尋常《じんぴんじんじょう》でない楽師と判《わか》りました。

　孔仲は子游のもとで二年を過ごしました。ところが子游は不在《ふざい》の日が多く、指導をうける日があったにせよ口数も少なく、見せることは指使《ゆびづか》いと絃《げん》のととのえ方ばかりで、一向《いっこう》に調べをなしません。孔仲はつねに控目《ひかえめ》でしたが、ある日こういいました。

「わたしは魯の楽師です。調《しら》べもいくつももっており、人々を魅了《みりょう》してまいりました。わたしはこの先も先生の指使《ゆびづか》いばかりを習うのですか」

子游が口を開きました。

「君《きみ》はもう国に帰った方がよい」との[10]挨拶《あいさつ》でした。

(三)

孔仲は、小さな馬車で故郷《ふるさと》への道を進んでいました。このままでは進歩もあるまいと[11]憔悴《しょうすい》しきった様子で、ある湖畔《こはん》を通りかかりました。すると鳥がさえずり、水面《みなも》に魚《うお》が群れているのに気がつきました。「琴《きん》を奏でるや鳥が空を舞い、魚が躍《おど》る、とは言ったものだ」と洩《も》らしたそのときです。景色の中のさまざまな生き物たちを見ていると、得も言われぬ安《やす》らぎを覚《おぼ》え、彼らの騒《ざわ》めきを音楽《おんがく》として聴《き》くうちに、なぜか心打《こころう》つものがあって、孔仲は初めて鳥たちの声を美しいと思い、感動《かんどう》すら覚《おぼ》えるのでした。

孔仲は、近くに[12]破《やぶ》れ屋を見つけて琴をおき、棲《す》み処《か》としました。季節は春の盛《さか》りで、聴き知った鶯《うぐいす》がうるさいほどでしたが、それが雄《おす》だけのもので、どうやら求愛《きゅうあい》の時にだけ発するということを知り、時に現れる猛禽《もうきん》、また水鳥、夜の梟《ふくろう》など、鳥たちの鳴き方をよく心にとどめた後、飛び方はどうか、どのように獲物《えもの》を捕《と》らえるのかを観察をしているうちに一年が経《た》ちました。

ようやく琴を取り出して、鳥のさえずりを琴の調《しら》べにのせてみました。するとどうしたことか、絃《げん》を弾《はじ》くとか、ひくとか、おさえる、といった指の感覚が消えており、指をあてるだけで琴が歌うような気がしました。目を見開《みひら》くと、琴のまわりには小鳥たちが集っていましたが、兎《うさぎ》や鼬《いたち》、鹿までもが寄り集まってきて、うっとりとした様子で孔仲の琴に聴き入っているのでした。

肩にとまった小鳥がいいました。「孔仲さま、ここで満足していてはいけません。川づたいに山にお入りなさい……」

（四）

孔仲は棲《す》み処《か》をあとにしました。山に入ると、咲き乱れる花々や草木を見ました。梢《こずえ》をわたる風を感じ、風雨《ふうう》に狂乱《きょうらん》する木々の有様《ありさま》を見、稲妻《いなずま》に襲《おそ》われて一文字《いちもんじ》にさける巨木を見ました。嵐《あらし》が去って陽《ひ》がもどり、葉についた露《つゆ》がきらめきながら水溜《みずた》まりに落ちて行くのを飽《あ》きもせず見続けました。やがて音という音を、匂《にお》いという匂《にお》いを、色という色を、五感にうったえる自然のすべてを琴にのせて旋律《せんりつ》に変えてみる、というやり方を繰り返し、自然がみずから奏《かな》でる音と聴きまごうばかりになったとき、また新たな調べを求めて山深く分け入るのでした。

孔仲は、小さな川にたどりつくと下《くだ》って、沢、谷合いの音を聴き、日もくらむ高さの瀧《たき》では冬に凍《こお》りつく様《さま》を調べとしてみたり、小魚《こざかな》が盛んに沢登《さわのぼ》りをしているのに出逢《であ》っては面白がり、新たな調べとします。そのとき、こう囁《ささや》きました。

「魚《うお》よ、わたしの音を聞けば[13]一丈《いちじょう》の瀧登《たきのぼ》りもやさしかろう」

絃をつま弾《び》くと小魚たちは跳躍《ちょうやく》をはじめ、沢のはるか上手《かみて》に出て勢いよく泳ぎ去るのでした。

孔仲は山を下《お》りました。

（五）

孔仲《こうちゅう》はふたたび子游《しゆう》に会って、かつての浅《あさ》ましさを恥《は》じました。孔仲の[14]風貌《ふうぼう》を見た子游は大いに満足げでしたが、この十年間、どこで何をしていたのかは多くを語らず、会得《えとく》した琴の技《わざ》についても、故郷《こきょう》にもどってからお目にかけたい、というばかりでした。

間もなく二人は魯《ろ》に着きました。帰国の知らせはすでに伝わっており、魯公《ろこう》は新たに奏楽堂《そうがくどう》を建てさせ、[15]螺鈿《らでん》や金銀《きんぎん》で飾られた豪華な琴をおいて、あとは孔仲を待つばかり、といった[16]入れ込《こ》みようでした。そしてある日、孔仲の琴の音《ね》が響きました。

孔仲は五音の宮《きゅう》、商《しょう》、角《かく》、羽《う》、徴《ちょう》をまずつま弾《び》き、調音《ちょうおん》ばかりをして見せましたが、やがて商《しょう》の音《おと》によって秋の調べを奏《かな》でます。音は澄《す》みわたり、調子《ちょうし》も大分《だいぶ》違っていたので、かつての孔仲を知る者にはその熟達《じゅくたつ》ぶりが判《わか》りました。しかし、人々が孔仲の琴を[17]絶賛《ぜっさん》する気持ちは、調べに驚くのを通り越《こ》して[18]驚愕《きょうがく》に変わります。季節は春でしたが、調べも[19]中盤《ちゅうばん》にさしかかるころ、奏楽堂には何やら秋の涼風《りょうふう》がわたり、庭先は急に秋めいて、無花果《いちじく》も栗《くり》も梨《なし》も立ちどころにその実をつけるのを見たからです。

このことは、孔仲にはほんの[20]挨拶代《あいさつが》わりでした。音が角《かく》に変わり、初春《しょしゅん》の調べが響くと、風はにわかに暖気《だんき》をおび、つられて梅《うめ》も桜《さくら》も桃《もも》も蕾《つぼみ》をふくらませ、花々がいっせいに咲き乱れるといった有様《ありさま》でした。さらに孔仲は、調べをもって真夏《まなつ》の熱気《ねっき》を呼び入れて人々に大汗《おおあせ》をかかせ、[21]束《つか》の間《ま》、冬の調べに移ると、今度は地面に[22]霜《しも》が降《お》り、空に雪が舞い、庭先の池が凍《こお》りつく様《さま》を見せて聴衆《ちょうしゅう》を寒がらせます。

音《おと》を徴《ちょう》に移して夏を呼び入れるや、霜も氷もたちまち融《と》けてしまうのでしたが、最後に五音総《す》べてを演奏《えんそう》し終えると、[23]日和《ひより》は穏やかな春の日にもどり、空には[24]瑞祥《ずいしょう》の虹が、池には泉《いずみ》が湧き出しているといった有様《ありさま》でした。

子游が声を上げました。

「素晴《すば》らしい。[25]黄帝《こうてい》の清角《せいかく》の調べとはこのようなものでありましたろう」

（六）

愛《め》でるのは子游《しゅうゆう》ばかりで、調《しら》べは人々を[26]慄然《りつぜん》とさせました。ある者は[27]恐懼《きょうく》し、顔を背《そむ》け、[28]天《てん》道《どう》に逆《さか》らう邪悪《じゃあく》の琴《きん》だと叫びました。魯公《ろこう》も側近《そっきん》たちも顔色を変えたまま、[20]希代《きだい》の名楽師にどうことばをかけてよいものか、息を飲んだままでした。

子游は、[30]不穏《ふおん》な空気を感知《かんち》し、孔仲の手を取って奏楽堂をあとにしました。ところが城門を出たところで警備《けいび》の者ら十数名に取り囲まれ、「お二人の身柄《みがら》を拘束《こうそく》します」と告《つ》げられるのでした。

城内《じょうない》に[31]軟禁《なんきん》される中で子游がいいました。

「物分《ものわ》かりの悪い人々には困ったものです。日照《ひで》りも洪水《こうずい》も地震《じしん》さえも、琴の音《ね》一つで、いかようにもなると思わせたのでしょう」

孔仲は「皆さまを夢に誘い込んだだけなのに……」と洩《も》らしました。子游は、それを聞いて笑《え》みを浮かべ、まるめた絃《げん》を懐《ふところ》から取り出し、椅子《いす》の背《せ》に数本張りました。絃をさらさらと撫《な》でながら、

「わたしは斉国《さいこく》にもどりますが、あなたはしばらく[32]驪山《りざん》にあるわたしの山荘《さんそう》におられるがよろしかろう。弟子が五人ほどおります。願わくはその者らに、琴の指使いなど教えて下さらぬか……」

子游は、椅子に張られた絃を強く弾《はじ》きました。二人はすぐさま王城《おうじょう》を見下ろす高さに跳《は》ね上がって、それぞれの方角《ほうがく》に行く雲に乗るのでした。

【注釈】

1 琴《きん》　中国の楽器。琴《こと》でなくキンと読む

2 鉦鼓《しょうこ》　手のひらサイズの鉦《かね》で、バチでたたき、歩きながら演奏（路《ろ》楽《がく》）するものを荷鉦鼓《にないしょうこ》という。チン、チチンと鳴らす

3 糊口《ここう》をしのぐ　どうにか生計をたて、貧しい生活をすること
糊口《ここう》＝粥《かゆ》のような粗末な食事

4 虜《とりこ》　あることに心奪《うば》われること

5 人口《じんこう》に膾炙《かいしゃ》する　広く世間に知られてもてはやされること

6 楽師《がくし》　音楽を教える先生

7 笙《しょう》　竹製《たけせい》管楽器の一つ

8 喝采《かっさい》　褒《ほ》めそやすこと。拍手喝采《はくしゅかっさい》

9 人品尋常《じんぴんじんじょう》でない　途方《とほう》もなく変わっていること

10 挨拶《あいさつ》　意思《いし》を伝えることば

11 憔悴《しょうすい》　心配《しんぱい》、疲労《ひろう》してやせ衰《おとろ》えること

12 破《やぶ》れ屋《や》　人が住まなくなった傷《いた》んだ家

13 一丈《じょう》　約三メートル

14 風貌《ふうぼう》　風采《ふうさい》と容貌《ようぼう》。人の様子《ようす》

15 螺鈿《らでん》　物品《ぶっぴん》の装飾《そうしょく》に使う真珠色《しんじゅいろ》に輝《かがや》く貝類の薄いかけら

16 入《い》れ込《こ》みよう　力《ちから》の入《い》れよう

17 絶賛《ぜっさん》　ことばをつくしてほめること
18 驚愕《きょうがく》　とても驚《おどろ》くこと
19 中盤《ちゅうばん》　中ごろ
20 挨拶代《あいさつが》わり　楽々《らくらく》と事《こと》もなげに物事を行うさま
21 束《つか》の間《ま》　ちょっとの間《あいだ》
22 霜《しも》　空気中の水蒸気《すいじょうき》が氷として積み重なったもの
23 日和《ひより》　天候《てんこう》。空模様《そらもよう》
24 瑞祥《ずいしょう》の虹　幸運の前ぶれとしての虹
25 黄帝《こうてい》　中国神話に登場する王。「清角《せいかく》の調《しら》べ」は、鬼神《きしん》を集めて作らせた霊妙《れいみょう》な曲。「鬼神」は、荒々しく恐ろしい神のこと

26 慄然《りつぜん》　恐れおののくこと
27 恐懼《きょうく》　恐れかしこまること
28 天道《てんどう》　自然に定まっている物事《ものごと》の道すじ
29 希代《きだい》　めったに見ないこと
30 不穏《ふおん》　危機《きき》や危険《きけん》をはらんでいる
31 軟禁《なんきん》　ゆるやかな監禁《かんきん》。監禁＝行動の自由を奪《うば》うこと
32 驪山《りざん》　西安《せいあん》の東方にある秀麗《しゅうれい》の山。現在も主要な観光地《かんこうち》で温泉が湧く

十

岩茸《いわたけ》取りの翁《おきな》

おもな登場人物

鞍馬《くらま》の里のおじいさんとおばあさん

都《みやこ》の薬師《くすし》

おじいさんを付け狙う男

大天狗《おおてんぐ》

（一）

昔、都《みやこ》の市場《いちば》に、鞍馬《くらま》[1]の里からやって来て野菜を売るおじいさんとおばあさんが二人でつくる野菜はどれもこれも味がよく、色も薫《かお》りもほかとはちがう、といった評判が立って、月に二《に》、三日《さんにち》の出店《でだな》には、お屋敷《やしき》の料理人《りょうりにん》たちも行列《ぎょうれつ》に並《なら》ぶほどの人気でした。そしていつもの里芋《さといも》、大根、人参、葱《ねぎ》に牛蒡《ごぼう》といった中に、わずかばかり山菜《さんさい》や茸《きのこ》も並んでいましたが、客の目を引いたのは、黒々として座布団《ざぶとん》のような尺《いっしゃく》[2]もある岩茸《いわたけ》でした。

茸《きのこ》は、市場でもありふれた食材《しょくざい》で、椎茸《しいたけ》や湿地《しめじ》、舞茸《まいたけ》などはあちこちの店《たな》でも見かけますが、一方で、毒《どく》ではない珍しい茸《きのこ》は、都《みやこ》の薬師《くすし》[3]には煎《せん》じ薬《ぐすり》として重宝《ちょうほう》がられます。おじいさんのその岩茸《いわたけ》を試《こころ》みに買い求め、煮《に》たり蒸《む》したりして食べ、乾《ほ》して煎《せん》じたり、丸薬《がんやく》にして服《の》むなど、薬効《やっこう》を試した薬師がいました。

十日経《た》って薬師は驚きました。齢《よわい》を重ねて弱った視力《しりょく》が若いころのように回復《かいふく》し、遠かった耳の聞こえも急によくなったからです。さらに五日経《た》つと、眉《まゆ》の上にあった醜《みにく》い瘤《こぶ》[4]が小さくなったように思え、白髪《しらが》だらけの髪《かみ》も黒さを取《と》り戻《もど》し、十歳も若返った心持《こころも》ちになったのは驚《おどろ》くべきことでした。薬師は、古《いにしえ》に聞いた健康長寿《けんこうちょうじゅ》の妙薬《みょうやく》[5]、あるいは不老不死の仙薬《せんやく》[6]に出逢ったような気がして、おじいさんが店《たな》に来るのを首を長くして待つのでした。

（二）

その日薬師《くすし》は、朝早くからおじいさんを待っていました。やがて、荷車《にぐるま》を引いてやって来るおじいさんが見えました。そしておじいさんが持って来た野菜を並べるのを手伝いながら、岩茸の効き目を話しました。

おじいさんは頷《うなず》いて、

「わしもうすうすは気づいていた。が、頼まれてもたくさんは取って来れない。鞍馬《くらま》のお寺の僧正《そうじょう》ヶ谷《がたに》あたり、行者道《ぎょうじゃみち》[7]に分け入って、恐る恐る崖《がけ》を下《お》りて行く。そこにわずかばかり生《は》えておるでな……」といいました。

おじいさんは、縁日《えんにち》[8]には決まってお寺にお参りします。そして三月《みつき》に一度は奥《おく》の院《いん》を周《まわ》って、貴船《きふね》から鞍馬《くらま》の道に出《い》で、道端《みちばた》の祠《ほこら》やお地蔵《じぞう》にも一つ残らず手を合わせ、みずからが拵《こしら》えた濁酒《どぶろく》[9]を供えるのを常《つね》としていました。ところがある日、険《けわ》しい行者道で足を踏《ふ》み外《はず》し、気がつけば崖《がけ》に生えた松の木に引っかかって事なきを得た、という話をしました。

「その落ちた先に岩茸《いわたけ》が生えていた。わずかばかり育つのに数年。一尺《いっしゃく》で三十年はかかる。山の霊気《れいき》を浴びて育った岩茸だ、効能ははかり知れんだろ……」

薬師は、その日おじいさんが持って来たわずかばかりの岩茸を買い受け、次の仕入れが楽しみだ、といって立ち去りました。

が、その時、傍《かたわ》らでこの話に耳を傾《かたむ》け、ニヤついてよからぬ思いを巡《めぐ》らせた男がありました。おじいさんは男をチラと見ましたが、気にかけることもなく、野菜を売り切って、おばあさんが待つ鞍馬《くらま》の里《さと》に帰って行きました。

（三）

次の日の朝、おじいさんは、おばあさんが拵《こしら》えてくれたおにぎりの包《つつ》みを背負《しょ》い籠《かご》に入れ、岩茸を取りに行く支度《したく》をして家を出ました。

お寺に着くと丁寧《ていねい》にお参りをし、僧正《そうじょう》ヶ谷《がたに》のいつもの祠《ほこら》に着きました。そしてもう一つのおにぎりの包みと、竹筒に入れた濁酒《どぶろく》を供《そな》え、岩茸取りの無事と、きょうは少し余分に取らせて欲しいとお願《ねが》いをして道を分け入り、大きな木の幹《みき》に縄《なわ》をかけ、目もくらむような高さの崖をそろりそろりと下りて行くのでした。

おじいさんは、崖下《がけした》の、いつものくぼみに来て一息つきました。すると、そこからは陰《かげ》になって見えない岩の向こうから、何やらよい香《かお》りが漂《ただよ》ってくるのに気がつきました。それは松茸《たけ》に似た強い香りだったので、おじいさんはどうにも気にかかって、縄をふたたび身体《からだ》に巻き付け、横に這《は》ってみたのです。

するとどうでしょう。そこは広い岩棚《いわだな》[10]になっており、おまけに風雨《あめかぜ》を凌《しの》げるほどの洞穴《ほらあな》がぽっかりと開《あ》いて、壁にはびっしりと、一尺《いっしゃく》もの大きな岩茸が何十枚、いえ何百枚と張り付いている光景に驚倒《きょうとう》[11]しそうでした。

おじいさんは洞穴の入り口に立って中の様子を見、雨になったら入れてもらおうと思いました。そして、夢中《むちゅう》になって岩茸取りを始めたのかというと、そうではありません。十枚ほどを鎌《かま》で剥《は》ぎ取って籠《かご》に入れ、「きょうの仕事はこれでおわり」と崖を上《あが》り、はや足で里のわが家に帰り着くや、崖下での様子をおばあさんに語って聞かせるのでした。

（四）

ところで、この日のおじいさんの岩茸取りを、崖の上から見ていた者がおりました。きのう市場で、薬師《くすし》とおじいさんのやり取りに聞き耳を立てていた男です。

男は、おじいさんをつけて里までやって来て、おじいさんの家の納屋《なや》で夜を明かし、朝、おじいさんが出かけるとあとをつけ、縄を張った木のところまでやって来たのです。男は行者道《ぎょうじゃみち》の祠《ほこら》に供えてあったおにぎりと濁酒《どぶろく》をちゃっかりと頂戴《ちょうだい》したあとで崖を下《お》りました。

男が下《お》りた先は、件《くだん》の岩棚《いわだな》でした。そこに張り付いている岩茸に目を丸くし、もって来た頭《ず》[12]陀袋《だぶくろ》に入るだけ詰《つ》め込むと背負子《しょいこ》にしっかりくくり付け、崖を上《あが》って行者道に出ました。男はわき目もふらず走りに走り、きのう出会った薬師《くすし》の屋敷の門をたたきます。そして「おじいさんから頼まれて岩茸をもって来た」といって岩茸を引き取ってもらい、懐《ふところ》に収《おさ》まりきらないほどの銭《ぜに》[13]をもらい受けました。

男はこれに味を占め、次の日も、また次の日も岩茸を盗《と》りに崖を下《お》りるのでした。そして夢中で岩茸を剥《は》いでいると、目の前の穴《あな》から生暖《なまあたた》かい風が吹いて来て、奥から何やら声が聞こえました。

「……爺《じい》の供《そな》えたにぎり飯《めし》を喰《く》らい、わしの好物の濁酒《どぶろく》を平らげたのはお前か。おまけにわしが育ててきた岩茸《いわたけ》を断わりもなく盗《と》って行く。許《ゆる》さぬ」

それは、雷《かみなり》のようなゴロゴロした音とも声ともつかない大天狗《おおてんぐ》[14]の唸《うな》り声でした。大天狗は、穴の奥で羽団扇《はうちわ》[15]を一振《ひとふ》りして猛烈《もうれつ》な風を起《お》こし、盗人《ぬすっと》を谷底《たにそこ》に吹き飛ばしてしまうのでした。

（五）

鞍馬の里のおじいさんは、ここのところは畑仕事《はたけしごと》で忙しく、岩茸取《いわたけと》りは久しぶりでした。この日は、以前にたくさんの岩茸を取らせてもらったお礼《れい》にと、濁酒《どぶろく》を樽《たる》につめて背負い、ゆっくりと行者道《ぎょうじゃみち》を上《のぼ》って来たのでした。そしていつもの祠《ほこら》に供《そな》えて手を合わせましたが、酒の重さでくたくたになってしまったので、そのまま里に帰って身体《からだ》を休めるのでした。

おじいさんは、その後《のち》も岩茸取りに来たときは、お供えや、まだ見ぬ大天狗《おおてんぐ》、小天狗《こてんぐ》への感謝を忘れずに、いつも通りの仕事をして岩茸を市場《いちば》で商《あきな》いましたが、高値《たかね》がつく岩茸をお目当てに、良《よ》からぬことを企《たくら》む悪者どもがこっそりとおじいさんをつけ回し、おじいさんに知られることなく崖下の岩棚に下《お》り立って、岩茸盗りに夢中になるのでした。が、悪者どもは、岩茸をたくさん取っても、もと来た道にもどれる者は一人もありません。それは、最初にやって来た男と同様に、岩棚の洞穴から吹いてくる大風に襲《おそ》われ、木の葉のように吹き飛ばされて、ある者は西の愛宕《あたご》のお山まで、またある者は叡山《えいざん》のお寺の彼方《かなた》まで飛ばされて、[16]非業《ひごう》の死を遂《と》げる者は月に五人や十人ではすみませんでした。

そんなことがあってもおじいさんは、岩茸を盗って行く悪者どもや、その者らのその後《ご》については知ることはありません。そしてきょうも、普段通りの畑仕事と濁酒造《どぶろくづく》りに励《はげ》み、「一度は天狗さまに逢いたいものだ」と呟《つぶや》きながら、仕込《しこ》み樽《たる》のわきに立って、いくらか香《かお》りが立ってきた米汁《こめじる》に酒竿《さけさお》を突っ込んで、押したり引いたりして大汗《おおあせ》をかくのでした。そのとき、酒蔵《さかぐら》の小窓を開けて、中の様子を見る者がありました。それは鼻がえらく高い、ひたいに[17]兜巾《ときん》をつけた赤ら顔の大天狗《おおてんぐ》でした。

【注釈】

1 鞍馬《くらま》　京都北部の中山間地《ちゅうさんかんち》で、かつて山岳修行者《さんがくしゅぎょうしゃ》が大勢いた霊域《れいいき》

2 一尺《いっしゃく》　約三十センチ

3 薬師《くすし》　医者

4 瘤《こぶ》　病気で、皮膚が硬く盛り上がっている部位

5 妙薬《みょうやく》　よく効く薬。霊薬《れいやく》

6 仙薬《せんやく》　霊薬《れいやく》。不老不死の秘薬《ひやく》

7 行者道《ぎょうじゃみち》　僧侶《そうりょ》や修行者《しゅぎょうしゃ》が修行《しゅぎょう》のために通る山道《やまみち》

8 縁日《えんにち》　神仏《しんぶつ》に由緒《ゆいしょ》ある特定《とくてい》の日。その日に詣《もう》でればご利益《りやく》があるとされる

9 濁酒《どぶろく》　にごりざけ

10 岩棚《いわだな》　棚《たな》のようにたいらに張り出した岩場

11 驚倒《きょうとう》　とても驚《おどろ》くこと

12 頭陀袋《ずだぶくろ》　雑貨《ざっか》が多く入る、だぶだぶした布袋《ぬのぶくろ》

13 銭《ぜに》　オカネ

14 大天狗《おおてんぐ》　山岳で修行を積んだ者がたどり着く超人《ちょうじん》。翼をもち飛行し、魔法を使う
大天狗は大きな身体《からだ》に高い鼻をもち、小天狗は顔がカラスに似てくちばしをもつ

15　羽団扇《はうちわ》　鳥の羽でつくった団扇《うちわ》。天狗が魔力を発揮するときに使う

16　非業《ひごう》の死　運《うん》がないみじめな死

17　兜巾《ときん》　山岳修行者《さんがくしゅぎょうしゃ》や大天狗《おおてんぐ》・小天狗《こてんぐ》を特徴《とくちょう》づける額《ひたい》につける小さい帽子《ぼうし》。布《ぬの》を黒漆《くろうるし》で塗《ぬ》り固《かた》めてつくる

十一　鞍馬《くらま》の小天狗譚《こてんぐたん》

おもな登場人物

小天狗《こてんぐ》
佐吉《さきち》
女天狗《おんなてんぐ》の花《はな》
道了《どうりょう》さま
各地から来た小天狗たち

（一）

きょうの日も、鞍馬《くらま》の里のおじいさんの後をつけて、あの岩棚《いわだな》に岩茸《いわたけ》盗《と》りがやって来ました。そして一尺もある大きな岩茸を鎌《かま》で剥《は》ぎ取《と》ろうとしたとき大風《おおかぜ》が吹《ふ》いて、男は高く舞い上がり、風圧《ふうあつ》で息ができなくなって気が遠くなってしまいました。そこに現《あらわ》れたのが大天狗《おおてんぐ》の家来《けらい》の三羽の小天狗《こてんぐ》です。

小天狗たちは男の手足をつかんで墜落《ついらく》を助《たす》け、もと来た洞穴《ほらあな》のとば口に帰り着くのでした。そこで男は目を覚まします。男は、うわさに聞いた天狗に囲まれて、[1]身《み》の毛《け》が弥立《よだ》つほど驚きましたが、いったい何が起こったのかわかりません。恐怖にうち震《ふる》えながら、「自分は[2]丹波《たんば》の百姓《ひゃくしょう》で佐吉《さきち》という。水害《すいがい》に見舞《みま》われて田畑《でんぱた》を失い、都《みやこ》に流れてきて仕事を探していた。岩茸盗りは二度としない。街に帰してくれ」と命乞《いのちご》いをしました。根っからの悪者ではなさそうだったので、ある小天狗がこういいました。

「わしらの姿を見たからには、すぐに帰すわけにはいかん。仕事がないのなら、わしらの街で仕事を世話《せわ》してやろう」

佐吉は小天狗に連行《れんこう》され、洞穴の中へ入って行きました。やがて闇《やみ》に光がさし、洞穴の向こう側《がわ》に出ました。そこはやはり断崖《だんがい》の岩棚《いわだな》で、どうやらこちらの世界とあちらの世界の通路《つうろ》になっているようでしたが、広い岩棚には陽光《ようこう》がふり注《そそ》ぎ、遠くに山々が見えて景色がよく、眼下《がんか》にはきのうまでいた都《みやこ》と同じような街並《まちな》みが広がっていました。が、よく見ると、コメ粒のように見える人々は、実は人ではなく、みな背中に小さな羽をもち、口は鳥のくちばしになった小天狗なのでした。

（二）

佐吉を取り囲んだ小天狗の[3]頭目《とうもく》は、手にした羽団扇《はうちわ》を佐吉に向け、何やら呪文《じゅもん》を唱《とな》えました。すると佐吉は、それまで身につけていたボロの着物が新しい[4]作務衣《さむえ》になり、口もとがむず痒《がゆ》くなったかと思うと鳥のくちばしが生えました。背丈《せたけ》はちぢんで小天狗と同じ小男になりましたが、羽は生えていませんでした。

頭目がいいました。「お前は手先《てさき》が器用《きよう》そうだから、わしらが着る着物や小道具をつくってもらおう。わしの羽を貸してやるから、あそこに見える作業場《さぎょうば》へ飛んで行け」

佐吉は織物工房《おりものこうぼう》の作業台《さぎょうだい》に立っていました。すると羽がポロリと取れて消え、仲間らしい小天狗や女天狗《おんなてんぐ》と一緒に、織り上がった麻布《あさぬの》を裁断《さいだん》して、鈴懸《すずかけ》や襦袢《じゅばん》を縫っていました。隣の作業台では、兜巾《ときん》に手甲《てっこう》、脚絆《きゃはん》、鹿革《しかがわ》の引敷《ひっしき》をつくっていました。また、別の作業台では、法《ほ》螺貝《らがい》の吹《ふ》き口《ぐち》、念珠《ねんじゅ》、羽団扇《はうちわ》といった品々をつくっていました。皆の姿は顔を見ると確かに小天狗でしたが、羽があるのは十羽《じゅっぱ》のうち一《いち》、二羽《にわ》といったところでした。その羽《はね》にも大小があるようで、[5]精勤《せいきん》の具合で大きくなるらしく、自分のように羽のない者は、ここに来て日が浅い新入《しんい》りといった印象《いんしょう》でした。小天狗たちも女天狗たちも皆忙しそうに仕事をして、装束《しょうぞく》や諸道具が積み上がると隣の倉《くら》に納《おさ》めに行き、来る日も来る日も作業にいそしむのでした。

（三）

ある日佐吉は、隣《となり》で縫物《ぬいもの》をしていた女天狗《おんなてんぐ》に声をかけました。

「わしらはひと月で五百羽分《ごひゃっぱぶん》の衣服や道具をつくっているが、倉《くら》にはざっと一万人分が積まれている。これらの使い道はいったい何だ。まだまだつくるのか」

女天狗は答えます。

「何でも、叡山《えいざん》でイクサがあるそうですよ。品物は[6]僧兵《そうへい》が使う分と、加勢《かせい》に駆《か》けつける天狗たちの分です」

いく日か経って、佐吉は工房の小窓から空を見上げることがありました。すると、陽《ひ》をさえぎるほどの大勢の小天狗が群《む》れて飛び、あの洞穴《ほらあな》の方角《ほうがく》へ飛び行く光景《こうけい》を目にしました。その者らはみな槍《やり》や刀《かたな》を手にしていました。「いずれおれも、あの者らと一緒にイクサにかり出されるのか……」

次の日目覚《めざ》めると、佐吉は別の仕事をしていました。工房《こうぼう》は、吹子《ふいご》がついた炉がいくつもある灼熱《しゃくねつ》の鍛冶場《かじば》で、刀鍛冶《かたなかじ》をしていました。真っ赤に焼けた鋼《はがね》を一日中相方《あいかた》と打ちましたが、その相方はどういう訳《わけ》か、[7]お針子《はりこ》のとき一緒だった女天狗でした。

佐吉は、一区切りつくと女天狗に訊《き》きました。

「おまえには名があるのか。どうして女のおまえがここに来ることになったのだ。何か罪深い悪さをしでかしたのか」

女天狗は「名は花《はな》です」といって、ここにいる訳をこう話しました。

「わたしはもとからここの者です。仕事は何でもします。父は大天狗の僧正坊《そうじょうぼう》さま。母は都《みやこ》のお屋敷《やしき》の娘《むすめ》でしたが、盗賊《とうぞく》に押し入られ、北山《きたやま》の砦《とりで》に連れ去られました。母はそこでしばらく盗賊の世話をしていたのですが、僧正坊《そうじょうぼう》さまがまだ小天狗《こてんぐ》だったころ、沢で水汲《みずく》みをしていた母を見つけ、助けたそうですよ」

「なぜ屋敷《やしき》に戻らなかった」

「お屋敷は火事に見舞《みま》われて跡形《あとかた》もなかったのです。家族《かぞく》も[8]縁者《えんじゃ》も、みな亡《な》くなりました。母は僧正坊《そうじょうぼう》さまにお願いしてここにやって来ました。ここには、母のような不運《ふうん》の者が大勢《おおぜい》いるのです」

佐吉は、「おまえの母親は大変な思いをしたのだな」と慰《なぐさ》めて、花《はな》を相手にひたすら鋼《はがね》を打つのでした。そして、「今つくっている刀《かたな》も槍《やり》も、どこぞの戦場《いくさば》で人を殺すのに使われるのだな」とため息をつくのでした。

（四）

またある日の朝、佐吉《さきち》が目覚めると、今度は羽団扇《はうちわ》と背中《せなか》の羽《はね》をつくる工房にいました。花《はな》は佐吉《さきち》のかたわらで、羽《はね》を束ねて漆塗《うるしぬ》りの柄《え》をつけ、羽団扇《はうちわ》を仕上《しあ》げているのでした。

「ほう、九枚羽《きゅうまいばね》の羽団扇とは珍しい。誰ぞへの贈《おく》りものかえ」と佐吉が訊《き》きました。

「そうです。道了《どうりょう》さまへのおみやげです。近々《きんきん》、尊者《そんじゃ》がおられる相模《さがみ》の足柄《あしがら》に大きなお寺ができるそうです。鞍馬の者も普請《ふしん》[9]で呼ばれるそうですよ。そのために、お前さまは天狗たちの新しい羽《はね》と羽団扇《はうちわ》を百ほどつくらねばならぬのです。道了《どうりょう》さまの足柄《あしがら》は遠方《えんぽう》ゆえ、速《はや》さが出る軽くて強い羽でなければなりません」

花はそういって、夜中のうちに山々を飛び回り、ワシやタカ、ハヤブサ、ツバメ、フクロウなどを捕まえて眠らせ、羽を広げて函《はこ》におさめたものを佐吉に見せるのでした。

佐吉は紙を当て、ハヤブサとツバメの羽型《はがた》を描《か》き起《お》こしました。そして花がつくった羽団扇を手に取ってそよそよと羽の絵を煽《あお》り、ひと振りごとに大きくなる羽の様子《ようす》を見ながら煽《あお》るのをやめ、飛行《ひこう》のための新しい翼《つばさ》の試作品ができました。

「そなたの九枚《きゅうまい》羽団扇《はうちわ》もよい出来《でき》だ。つくったそばから通力《フォース》[10]があふれている」と花を褒《ほ》め、

「これらを、僧正坊《そうじょうぼう》さまにお見せしに行くがよろしかろう」といって花を使いにやるのでした。

（五）

佐吉と花は夫婦《めおと》になっていました。そして初めての出張《しゅっちょう》仕事、足柄《あしがら》・最乗寺《さいじょうじ》の普請《ふしん》に加わっていました。足柄は、大天狗の道了《どうりょう》さま配下《はいか》の小天狗たちと、僧正坊が派遣した小天狗たち、また愛宕《あたご》や叡山《えいざん》、吉野《よしの》、大峰《おおみね》、熊野《くまの》から来た者たちでごった返《がえ》していました。小天狗たちは、持ち前の通力《フォース》で道、橋、水道や、お堂を建てる材木の切り出し、加工、木組《きぐ》み、寄棟《よせむね》、瓦葺《かわらぶ》き、といった普請《ふしん》に大いに力を発揮しましたが、鞍馬《くらま》の小天狗たちの働きが秀《ひい》でていたので、道了さまは感服《かんぷく》して、おみやげにもらった九枚羽団扇《きゅうまいはうちわ》をひと振りしてみるのでした。すると、たちまち目の前の沼や木立が美しい庭園《ていえん》に変わったので大層喜《たいそうよろこ》び、以来、佐吉と花の羽団扇を手放すことができなくなりました。

ところで、普請のとき、翼や羽団扇は小天狗たちが酷使《こくし》するので、羽が傷ついたり柄《え》が折れたり、抜けたりして力が弱まります。そこで、二人は目ざとく損傷《そんしょう》を見つけては修理し、通力《フォース》の回復《かいふく》に努《つと》め、皆々の要望《ようぼう》に応《こた》えるのでした。足柄《あしがら》のお寺の普請《ふしん》は三月《みつき》たらずで完了しました。

（六）

足柄《あしがら》からもどると、佐吉と花は鞍馬の里で畑仕事《はたけしごと》をしていました。二人とも、容姿《ようし》も背丈《せたけ》も並みのヒトになっていました。そして、忙しく飛びまわった寺の普請が遠い昔のように思えました。ふと佐吉が口をひらきました。

「あちらの世界で何年くらい過ごしたのか……」

「百年はたっていますよ」

「よくもまあ、こちらにもどれたものだ」

「わたしこそ、あちらの者でしたのに」

二人は、収穫《しゅうかく》したばかりの茄子《なす》や胡瓜《きゅうり》を荷車《にぐるま》に積《つ》み込《こ》み、佐吉は、花が拵《こしら》えた羽団扇を懐《ふところ》から取り出して荷車を扇《あお》ぎます。すると荷車は、市場へ向かってふわりふわりと飛んで行くのでした。

佐吉は羽団扇をもうひと振りしました。今度は背中に翼《つばさ》が生え、僧正《そうじょう》ヶ谷《がたに》に向かって飛び出しました。件《くだん》の洞穴に舞い降りると、僅《わず》かばかりの岩茸《いわたけ》を取って頭陀袋《ずだぶくろ》に入れました。街の薬師《くすし》の屋敷に降り立つと声をかけ、岩茸と引き換えに懐《ふところ》にいっぱいの銭《ぜに》をもらい受けましたが、銭は全部、物乞《ものご》いの者らにくれてやりました。佐吉は市場で作物《さくもつ》を商《あきな》ったあと、里へもどりました。

夕餉《ゆうげ》のとき、花が、濁《にご》りのない透き通った清酒《せいしゅ》を徳利《とっくり》に入れて持ってきました。

「この家《いえ》に酒蔵《さかぐら》がありましたの。仕込《しこ》みの樽《たる》も道具《どうぐ》もまだ使えるので綺麗《きれい》に磨き上げて、お前さまがつくったお米でお酒をつくりましたよ。お味はどうかえ」

「どれどれ……。そうだな、この酒は、なにやらサクラ葉《ば》の甘いカホリがする。味わいも深い。明日《あす》、わしがお父上《ちちうえ》さまにお届けしようぞ」

僧正坊大天狗《そうじょうぼうおおてんぐ》の顔がいつも赤いのは、花がつくった酒が気に入って、いつもいつも飲んでいたから、かどうかはわかりません。

【注釈】

※譚《たん》　はなし。ものがたり

1　身の毛が弥立《よだ》つ　恐怖して毛が逆立《さかだ》つ思いがする

2　丹波《たんば》　兵庫《ひょうご》と京都《きょうと》にまたがる地域

3　頭目《とうもく》　リーダー。親方。かしら

4　作務衣《さむえ》　作業着《さぎょうぎ》

※文中、鈴懸《すずかけ》など天狗の衣服、装備の注釈は省略。物語の本筋とかかわりがないので読み飛ばして下さい

5　精勤《せいきん》　仕事にまじめに励《はげ》む

6　僧兵　大寺で、仏法《ぶっぽう》保護のために武芸を積み戦闘に加わった僧侶《そうりょ》

7　お針子《はりこ》　裁縫《さいほう》の仕事をする（娘）

8　縁者《えんじゃ》　親戚《しんせき》

9　普請《ふしん》　建築工事《けんちくこうじ》

10　通力《フォース》　なにごとも自由自在《じゆうじざい》にできる人の力を超《こ》えた魔法の力。神通《じんつう》。神通力《じんつうりき》。通力《つうりき》

十二　茶畑地蔵《ちゃばたけじぞう》

おもな登場人物
明恵上人《みょうえしょうにん》
寺男《てらおとこ》の二郎《じろう》と与一《よいち》
村の衆
知恵者《ちえしゃ》の村男《むらおとこ》

（一）

昔、[1]栂尾《とがのお》のある寺《てら》に[2]明恵上人《みょうえしょうにん》というお坊《ぼう》さんがありました。上人《しょうにん》は大のお茶好《ちゃず》きで、日ごろの勉学《べんがく》や修行《しゅぎょう》にはお茶は欠かせないと考えて、茶の徳《とく》や効能《こうのう》をこう説《と》きます。「茶を飲めば諸天加護《しょてんかご》、無病息災《むびょうそくさい》、父母孝養《ふぼこうよう》、朋友和合《ほうゆうわごう》、悪魔降伏《あくまこうふく》、正心修身《せいしんしゅうしん》、睡眠自除《すいみんじじょ》、煩悩消滅《ぼんのうしょうめつ》、五臓調和《ごぞうちょうわ》、臨終不乱《りんじゅうふらん》を得ることができる」

[3]偈頌《げじゅ》のような効能を聞かされていたのは若い弟子《でし》たちですが、ほかに[4]寺男《てらおとこ》の二郎《じろう》と与一《よいち》がおりました。上人は、二人が理解《りかい》しやすいようこう講釈《こうしゃく》します。「茶の木は一年中緑《みどり》を保つ。それは生命力《せいめいりょく》がみなぎっているからで、茶葉《ちゃば》を碾《ひ》いてまるごと口から取り込めば、その生命力《せいめいりょく》を頂戴《ちょうだい》できる。だから病気にならない、健康でいられる、これこそ父母《ふぼ》への孝行《こうこう》というものだ。そして喫茶《きっさ》しながら賓客《ひんきゃく》と語らうことも大事だ。惑《まど》いや迷《まよ》いも薄《うす》れ、心身《しんしん》の修養《しゅうよう》に結びつく。もともとは薬草《やくそう》として伝《つた》わったものだから[5]五臓《ごぞう》への働きは言わずもがな。一服《いっぷく》の茶は学業に励むとき眠気《ねむけ》をはらう効果も絶大《ぜつだい》で、[6]煩悩《ぼんのう》さえも吹き飛ぶ。老いてのち死を迎えようとも、取り乱すことなく向こうの世界へ往《い》けるだろう」

（二）

二郎は、寺の田畑《たはた》の番人《ばんにん》でもありましたから、もちろん茶畑《ちゃばたけ》にも足を運びます。茶摘《ちゃつ》みの季節には皆に摘みごろを指図《さしず》し、自《みずか》ら製茶《せいちゃ》もして碾茶《てんちゃ》[7]をつくります。上人《しょうにん》からはいつも茶十徳《ちゃじゅっとく》[8]を聞かされていましたから、茶畑をよく管理して、上人を満足させる味わい深い茶をつくるため、日々茶畑仕事に励むのでした。

一方与一は、普段《ふだん》は大工で、寺の営繕《えいぜん》[9]の者でした。茶の季節には二郎とは別の茶畑を受け持ちますが、茶へのこだわりはほとんどなく、昨年と同様に、収量《しゅうりょう》を減らさないよう枝下《えだした》の硬い葉っぱまで摘み取ってしまうぶっきら棒[10]な男でした。

ある年の秋、一年の茶畑仕事が終わると、上人は二郎と与一を呼び、翌年の茶づくりについてこう話をしました。

「栂尾《とがのお》の茶畑も、里《さと》の者らに任せている分と合わせて十ヵ所、五町歩《ごちょうぶ》[11]になった。いつもは碾茶を茶壺《ちゃつぼ》に詰《つ》めておしまいだが、来春はそれぞれに茶を挽《ひ》き、風味を競って順番をつけたい。一等の者には褒美《ほうび》を取らせた上で、数年のうちには宇治《うじ》の新しい開墾地《かいこんち》に行ってもらう。向こうは栂尾ほど土地が急峻《きゅうしゅん》ではないから、新植《しんしょく》も少しは楽だ。そして四年後、収穫ができるようになったら、半分は自らが商《あきな》ってかまわぬ」

二郎は、この話に心が昂《たかぶ》りました。栂尾を下《くだ》った清滝《きよたき》の里に家族がおり、その折は「皆でそろって宇治へ行き、茶づくりをする。秋になって作業が終わったら、市中《しちゅう》で茶十徳を説きながら売り歩く」といった姿を思い描きます。そして、日ごろの茶畑仕事に不足があるとすれば、あとは大地を護《まも》るお地蔵《じぞう》を畑《はたけ》に据《す》えるばかりと、自らが彫《ほ》った[12]一尺《いっしゃく》ほどの石のお地蔵を茶畑の隅《すみ》に据え、あの茶十徳を唱《とな》えながら手を合わせ、新たな気持ちで茶の木の面倒《めんどう》を見るのでした。

（三）

春先《はるさき》になりました。与一が気にかかるのは二郎の仕事です。二郎のお茶はここ数年とても評《ひょう》判《ばん》がよく、順番《じゅんばん》をつければ一番だろうと皆そう思っていました。ならばその仕事を見てやろうと、与一は毎朝ひと足早く茶畑に来て藪《やぶ》に入り、目をこらして二郎の様子を窺《うかが》うのでした。

ところが二郎は、来る日も来る日もいつもと変わりがありません。朝来て、自身がつくったお地蔵に手を合わせたあと茶の木を見てまわり、時おり雑草を抜き取っている様子でしたが、それが終わると荷車で運んできた肥料《ひりょう》を少しばかり撒《ま》いて、[13]半時《はんとき》ほどで他《ほか》の茶畑に移るのでした。

与一は、自分も同じようなことをしているし、とくに参考《さんこう》になる仕事は何もない、と思いました。そして二郎の茶畑を出るとき、足もとに小さなお地蔵が置かれているのに気がつきます。

そのとき、与一が手にした鍬《くわ》の歯先がお地蔵に当たって首がポロリと折れ、頭がコロコロ転がりました。

「あれまあ……」

　与一は少しばかり申《もう》し訳《わけ》なく思いましたが、鍬を一振りして土を起こし、腰にぶら下げた竹《たけ》筒《づつ》の水で練って折れた首に塗り、頭を乗せ、「ほれ直《なお》りましたよ……」と愛想《あいそう》もなくそういって立ち去りました。与一は、お地蔵の眼《め》が吊り上がって怖い顔になったことには気がつきませんでした。

（四）

　14立春《りっしゅん》から八十八夜《はちじゅうはちや》まで、二郎は、いつもの年にも増して茶畑にどんどん生《は》えてくる雑草取りと枝葉《えだは》につく悪い虫の除去《じょきょ》、少しの肥料撒《ま》きの三つの仕事に集中しました。二郎の茶畑の葉はぐんぐん育ち、昨年同様、生命力がみなぎる美しい景観《けいかん》になりました。

　一方、与一の茶畑は、今年はなぜか勢いが弱く、すくすく育つふうではありません。それどころか茶の木のところどころに枯《か》れ葉《は》が見え、もうすぐ茶摘《ちゃつ》みだというのに日増《ひま》しにひどくなって、見栄《みば》えの悪い茶畑になっていました。この事態《じたい》に上人《しょうにん》もたびたび足を運び、これまでの与一の仕事にも耳を傾《かたむ》けましたが、枯れた原因については理由《りゆう》がわかりません。「新茶《しんちゃ》の季節が終わったら15手立《てだ》てを考えよう」といって、しばらくは現状のまま茶摘みをするよう指示《しじ》するのでした。

（五）

八十八夜《はちじゅうはちや》の前後、栂尾《とがのお》の茶畑は村人総出《そうで》の茶摘みで賑《にぎ》わっていました。そして茶摘みも終わり、それぞれの工場《こうば》では、碾茶《てんちゃ》を茶臼《ちゃうす》で碾《ひ》いた抹茶《まっちゃ》を茶入れに詰め、上人のもとへとどけました。

しかし、与一はそれどころではありません。上人からあずかった大事な畑です。上人が手配してくれた十人ばかりの村人とともに、ひどく枯れた茶の木を伐根《ばっこん》[16]したり、生き残った茶の木の枝を深く剪枝《せんし》[17]したり、かつてないほど熱心に仕事をして汗をかくのでした。

ところで、村人の中に、茶の木に絡《から》みついた蔓草《つるくさ》を丹念《たんねん》に取ってまわる男がおりました。気にかかった与一は、男の仕事をチラチラと見ていました。男は、よく見ればあちこちに出ている蔓草を引っ張って茶の木々を押し広げ、地面から出た蔓《つる》が切れないよう鏝《こて》を使って土を掘り起こします。すると一尺も掘った土の中から、芋《いも》のように肥《こ》えた太い根が出てきました。この根をいくつも掘り集めた男は、与一を呼んでこう話します。

「与一さま、与一さま。与一さまの茶の木に勢いがないのは、この芋のような根が蔓延《はびこ》って、茶の木への栄養を奪《うば》ってしまうからなのです。伸びてきた蔓ばかりを引きちぎっても、土の中の太い根を除《のぞ》かないと、茶葉は大きく育ちません……」

さらに男は、「カイガラムシは白い貝のような硬《かた》い殻《から》に入って枝にくっつき、樹液《じゅえき》を吸ってしまう悪い虫なので、これを爪《つめ》の先でこそげてやらないと枝が太くなりません。軸が太い枝に大きい葉が生《は》えるのです」といいました。

与一の茶の木は、よく見ると、うんざりするほどの米粒のような白い殻がくっついていたのです。また肥料は、「撒《ま》きすぎると茶の木が嫌《きら》う土になってしまいます。そうした栄養の過剰《かじょう》や心づかいの不足《ふそく》が重なり合って、ある日突然茶の木がダメになってしまう」といったことを与一に話して聞かせました。

男は、首に巻いた布切れをさすりながら、「すこし前に怪我《けが》をしまして。まだ痛みはありますが、やがておさまるでしょう。これを機《き》に、時おり手伝いにまいります」といって村人に紛《まぎ》れ、与一の茶畑の再生《さいせい》にあたるのでした。

（六）

その夜、与一は、昼間の村男《むらおとこ》のことが気にかかって眠れませんでした。茶畑仕事の知恵もさることながら「首に痛みがある。もうすぐ治る」とはどういうことでしょう。

与一はハッとしました。すぐさま飛び起きて寝所《しんじょ》を出、大工工房《だいくこうぼう》の戸を開けて明かりを点《つ》けます。そして材木を持ってきて台座《だいざ》に据《す》え、鑿《のみ》[18]や切《き》り出《だ》しを並《なら》べて、心に浮かんだお地蔵《じぞう》を[19]一《いっ》心不乱《しんふらん》に彫り込むのでした。

与一は、普段は大工ですが、手先が器用でしたから仏像《ぶつぞう》を彫るのもそう難しいことではありません。そして与一は、お地蔵の名前がどこから来たのか、といった上人の話を思い起こします。それは「……大地がすべての命を育《はぐく》む力を秘めているように、苦悩《くのう》の人々を寛容《かんよう》な心で包み込み救《すく》う。それが地蔵の意味だ」という話でした。

与一は、「大地の力、大地の力」と何百回も念《ねん》じて、夜が明けるころには、見事な鑿《のみ》さばきで一尺ほどのお地蔵を彫り上げました。工房の小窓から朝日がさし、お地蔵の顔にあたって[20]白《びゃく》毫《ごう》がキラリと光りました。与一は、お地蔵の左手には[21]宝珠《ほうじゅ》を持たせましたが、右手には[22]錫杖《しゃくじょう》ではなく、茶の木の枝葉《えだは》を持たせて手を合わせ、初めて神仏《しんぶつ》に深々と頭《こうべ》を垂れるのでした。

（七）

昼前、茶畑に来た与一は、「蔓草《つるくさ》取りの男はきょうも来ているか」と村の者らに訊《き》きました。しかし誰も、「そんな男などは知りません。きのう与一さまは向こうの[23]畝《うね》に行って、何やらブツクサ言いながら、畝の中の土を深く掘っていたことだけは覚えています」と答えました。

与一は、物《もの》知《し》り男《おとこ》と話し込んでいた記憶《きおく》は鮮明《せんめい》でしたが、皆が知らぬというので、それ以上訊《き》くことはありませんでした。この日からまた数日、与一は村人と茶畑の再生をし続け、梅雨《つゆ》に入る前には予定通り、作業を終えることができました。

そしてある夕刻、与一は、工房に据《す》えたお地蔵に、茶畑再生の野良仕事《のらしごと》が終わった旨《むね》を報告します。与一は、「お地蔵に願《がん》をかける」というよりは、地蔵が意味する「大地の力」がすっかり気に入ってしまい、庭の手入れのときも、大工仕事のときも、茶畑仕事のときも、一日中そのことばかりを口にしました。そうすると、心の奥底に得体の知れない熱気が湧いてきて、心身《しんしん》ともに生気《せいき》で満たされるのを感じるのでした。

（八）

夏のはじめ、寺で初めて茶の品評会《ひんぴょうかい》がありました。やはり二郎の茶が一等になりました。二等は村の常蔵《つねぞう》、三等は同じく幸助《こうすけ》の茶でした。

与一の茶は番外《ばんがい》という評価《ひょうか》でしたが、与一はへこみません。品評会では破れましたが、災難《さいなん》に見舞《みま》われた茶畑で、村人と皆で新しく植えた茶の木も根付《ねづ》き、剪枝《せんし》した株《かぶ》からは新たな芽が次々に出て、再生が進んでいるのを毎日見ることができたからです。

それから三年経ちました。二郎は栂尾《とがのお》から宇治《うじ》にやって来て、新たな茶畑を拓《ひら》くため、宇治の村の衆《しゅう》を束《たば》ねて、熱心に開墾《かいこん》をすすめます。来年からは茶摘《ちゃつ》みができそうで、どういう味わいの茶ができるのか楽しみでした。

一方の与一は栂尾にあって、再生した茶畑をよく管理したせいか、二年足らずで、二郎の茶畑と同様の、美しく力強い茶葉《ちゃば》が成って上人を喜ばせました。そのとき上人は、与一がつくったお地蔵を、工房の片隅で見ることがありました。そのお地蔵は、お顔といい立ち姿といい見事な出来栄《できば》えでした。お地蔵に感心した上人は、与一を一介の寺男で終わらせるには惜《お》しいと思い、与一を呼んでこういいます。

「いま南都《なんと》[24]は、さきの焼《や》き討《う》ち[25]で失われた仏像《ぶつぞう》を盛んに作り直しておってな、仏師《ぶっし》[20]が不足しているそうぢゃ。運慶《うんけい》[27]に手紙を出しておいたから、腕《うで》を磨《みが》きに行ってはどうか……」

ほどなく、与一は運慶工房に入って下働《したばたら》きを始めます。上人《しょうにん》への手紙には、「建て直された大仏殿《だいぶつでん》にあって、さまざまな仏像づくりに携《たずさ》わっています。材《ざい》を手斧《ちょうな》[28]で粗削《あらけず》りする毎日ですが、大仏殿にいられるだけでこころ躍《おど》ります」と綴《つづ》られていました。

明恵上人《みょうえしょうにん》は、床の間に据《す》えた善財童子《ぜんざいどうじ》[29]の隣《となり》に、二郎の茶畑にあった石のお地蔵と、与一がつくった一刀彫《いっとうぼり》のお地蔵の二体をならべてほくそ笑み、茶を喫《きっ》しながら二人の行く末を楽しみに思いました。そしてきょうの日も、朝見た夢の記録「夢記《ゆめのき》」に筆を走らせるのでした。与一のお地蔵の右手に持たせた茶の木の枝葉《えだは》は、上人が老いて世を去っても、ずっと枯れることはなかったということです。

【注釈】

1 栂尾《とがのお》　京都西北部の中山間地

2 上人《しょうにん》　身分が高く、道理《どうり》をよく識《し》る人。僧侶《そうりょ》の名に尊称《そんしょう》として付け加える

3 偈頌《げじゅ》　仏教経典《ぶっきょうきょうてん》の中での詩句《しく》形式の教え

4 寺男《てらおとこ》　寺の雑用係

5 五臓《ごぞう》　人の胸、腹に収まっている主要な臓器。五臓六腑《ごぞうろっぷ》

6 煩悩《ぼんのう》　人を苦しめるさまざまな欲《よく》、怒《いか》り、愚行《ぐこう》、言動《げんどう》

7 碾茶《てんちゃ》　この時代のお茶は抹茶《まっちゃ》をさす。碾茶とは、茶臼で碾《ひ》いて粉末にする前の茶葉のこと

8 茶十徳《ちゃじっとく》　前出《ぜんしゅつ》の茶の効果・効能のこと

9 営繕《えいぜん》　建物《たてもの》を建てたり修理すること

10 ぶっきら棒　言い方や挙動《きょどう》にデリカシーがないこと

11 五町歩《ごちょうぶ》　田畑《でんぱた》の広さ。一町歩《いっちょうぶ》は約百メートル四方《しほう》

12 一尺《いっしゃく》　約三十センチメートル

13 半時《はんとき》　むかしの時間区分。一時《いっとき》は約二時間。半時《はんとき》は約一時間

14 立春《りっしゅん》から八十八夜《はちじゅうはちや》　2月初旬の立春から5月上旬の八十八日目

15 手立《てだ》て　手段《しゅだん》。方策《ほうさく》

16 伐根《ばっこん》　枯れた木々を根ごと引き抜いて、もとの地面にもどすこと

17　剪枝《せんし》　枝を切って木が元気になるよう手入れすること
18　切《き》り出《だ》し　歯に角度がついた小刀《こがたな》
19　一心不乱《いっしんふらん》　気持ちが集中して乱れないこと
20　白毫《びゃくごう》　仏像の眉間《みけん》の上にある白い巻き毛。世を照《て》らす光を放《はな》つとされる
21　宝珠《ほうじゅ》　仏像の持ち物。願望《がんぼう》を叶《かな》えてくれる手のひらサイズの玉《たま》
22　錫杖《しゃくじょう》　先端にシャクシャクと音がする鉄輪がついた杖《つえ》。音は煩悩《ぼんのう》を払《はら》い、智慧《ちえ》が授《さず》かるとされる
23　畝《うね》　茶の木の列《つら》なり
24　南都《なんと》　奈良《なら》の別のいいかた
25　さきの焼《や》き討《う》ち　一一八一年、平家による南都《なんと》主要寺院の焼き討ち騒動《そうどう》
26　仏師《ぶっし》　仏像をつくる職人《しょくにん》
27　運慶《うんけい》　平安時代末期から鎌倉時代初期に活動した著名《ちょめい》な仏師《ぶっし》
28　手斧《ちょうな》　大工道具。鍬形《くわかた》の斧《おの》
29　善財童子《ぜんざいどうじ》　仏典に登場する仏教を学ぶ少年、その愛らしい木像。明恵上人はこの少年が大好きだった。木像は京都・高山寺《こうざんじ》で常設展示

十三　足神《あしがみ》さん

おもな登場人物

足神《あしがみ》さん………三つの窪《くぼ》みが顔のような溜《た》まり石（143ページに写真）
真奈胡《まなこ》さん………三瀬谷の土地神で多岐原《たきはら》神社のご祭神《さいじん》
お地蔵さん……峠や辻にあって、旅人の健康を見守るホトケ

(一)

わたしははじめ、[1]宮川《みやがわ》のかなり上《かみ》の小さな瀧《たき》の近くにいたのですが、大水が出るたびにゴロンゴロン転がって、また大水が出て、ゴロンゴロン、ゴロンゴロンと転がって、気がつくと[2]二《に》里《り》ばかり下手《しもて》、土地神《とちがみ》の真奈胡《まなこ》さんがお住みになる三瀬谷《みせだに》あたりにいたのですよ。

そのときのゴロンゴロンゴロンで角《かど》が取れ、寸法《すんぽう》はひと抱《かか》えほどになっていましたよ。そして、ほかの石たちと同じく人知れず、ちょっと大きな川の石として生涯《しょうがい》が終わるものと思っていました。ところがある日、真奈胡さんが浅瀬《あさせ》でわたしを見つけ、何を思ったか、あたりに転がっていた[3]ゴロタ石を三つ、わたしの[4]デコにのせたのですよ。深い意味はありません。思いつきというか、いたずらというか……、わたしのデコがつるっとして、あまりにも愛想《あいそ》なしだったので、表情をつけてやろうと石を置いてみた。そんなところですよ。

わたしは、ひとまわり大きい石たちに囲まれていたので、[5]瀬《せ》の水が増しても、わたしのデコの石たちは流されません。石はデコの上で止《とど》まって、来る日も来る日もゴロゴロ、ゴロゴロと唸《うな》り、わたしのデコの上だけで転がって、ゲンコツほどあった石は削《けず》られ、やがてウズラの卵《たまご》ほどになりました。同じように、わたしのデコもどんどん削られて凹《へこ》みができました。三つの凹みが深くなり、千年も経ったころ、見ようによっては右の眼、左の眼、鼻の少しの盛り上がりと口、といった顔かたちになって、三瀬《みせ》の渡《わた》しを行き来する村人や旅の者らの目にとまるようになったのです。

渡しの舟《ふね》がたまたまわたしの上を通ったとき、「これが妙な顔つきの石かね」とか「珍しいお顔ぢゃの」だの、「まあ、おそろしげ」、「きょうは微笑《ほほえ》んでいるぞ」と人々はいろいろいうわけですよ。そしてある旅人が、わたしに[6]神気《しんき》を感じて願かけをしましてね。どんな願かけをしたのか覚えていないのですが、トにもカクにもわたしは三瀬の渡しの石神《いしがみ》さんなどと呼ばれるようになったのです。

そんな折《おり》、真奈胡さんがふたたび現れて、わたしにこういいます。「いよいよいい顔になってきましたね」って。この顔、真奈胡さんがいうほどいい顔とは思っていないのです。両方《りょうほう》の眼はクリッとして何でもよく見えますが、口が、眼の半分ほどの寸法で、何やらを小声で叫んでいる、[7]吠えているような、見栄《みば》えの悪いカタチなので、顔としては不気味に見える。せめてもう少しおちょぼ口だったら、と思うのです。

（二）

転機《てんき》がまたやって来ましたよ。瀬の水かさが大分《だいぶ》少なくなったある日、近所の村の衆《しゅう》が大勢立ち現れて、不気味なわたしに杭《くい》を打ったり鋤《すき》を入れたり、鍬《くわ》で掘《ほ》ったりするのです。そして縄《なわ》を幾重《いくえ》にもまわしてわたしを川から掬《すく》い上げ、荷車《にぐるま》に乗せたのですよ。誰ぞがわたしを石神さんなどと呼び始めたころから、どこぞへ連れて行かれるだろうと、うすうすは感じていましたが……、やっぱりそうなりました。

村の衆はあらためてわたしの顔をしげしげと見、「そんじょそこらの[8]溜《た》まり石《いし》とはちがう。このお顔を見れば、鬼《おに》も魔物《まもの》も退散《たいさん》して、村を護《まも》る魔除《まよ》けになる」といい出すわけです。そして、わたしをきちっと据《す》えてお祭《まつ》りしよう、ということになりました……。

で、陸《おか》に上がったわたしは、渡し場から少し先の真奈胡さんのおヤシロまでもって来られたのですがね、村長《むらおさ》が「どうも落ち着かない、居場所はここではない」などと仰《お》っしゃって、えっちらおっちら、わっせわっせ……。街道《かいどう》の坂道を十人がかりで押したり引いたり、まる一日かかって、三瀬坂《みせさか》の[9]峠《とうげ》の茶屋《ちゃや》までやって来たのです。

(三)

わたしはびっくりしました。茶屋《ちゃや》の主人《あるじ》のことですよ。どこぞで見たことがあるような……。

そうそう、わたしのデコにイタズラをした真奈胡《まなこ》さんぢゃありませんか。渡し場の近所に立派なおヤシロがあるというのに、何ゆえ峠の茶屋で団子《だんご》や茶を出しておられるのでしょ。

結局《けっきょく》、わたしはこの茶屋の並《なら》びに据《す》え置かれ、小さい注連縄《しめなわ》[10]を張られたのですよ。すでにおられたお地蔵《じぞう》さんと、真奈胡さんと、わたしと……。そのとき、わたしは真奈胡さんから足神《あしがみ》という名を頂戴《ちょうだい》しましてね。熊野《くまの》への参詣《さんけい》の人々も、瀧原《たきはら》の元伊勢《もといせ》へ行く人々も、この地まで来るのに大層《たいそう》歩いて、ここから先もまだ何日も歩かねばならない。足腰が痛くならないよう頼《たよ》りにしたい。なすべきお役目《やくめ》がはっきりしている名前……、ということで足神《あしがみ》なのだそうですよ。

茶屋で真奈胡さんがなぜ団子と茶を出すのか、理由がわかりましたよ。それは、倭姫《やまとひめ》さまとの出逢いがきっかけだったということです。

真奈胡さんは土地神《とちがみ》ですから、もともと三瀬谷《みせだに》におられた。そこに高天原《たかまがはら》のオオヒルメさまのお伴の倭姫《やまとひめ》さまが立ち寄られた。ところが、宮川を渡ろうとしたとき、御一行《ごいっこう》はあまりの激《げき》流《りゅう》に難渋《なんじゅう》されていた。これを見かねた真奈胡さんは、少し下手《しもて》の緩やかな瀬にご案内して、渡《わた》しの舟《ふね》をお出しした。そのお礼として真奈胡さんは、この渡し場の近所におヤシロを建ててもらったのです。

（四）

まあ、おヤシロができるということは、方々《ほうぼう》から祝部《はふりべ》[11]たちがやって来て、折々に御饌《みけ》を供えてマツリが行われる……。そのお供えの品々がとっても多い。一族や村人におすそ分けしても余ってしまうので、五穀《ごこく》や豆などは団子《だんご》や餡《あん》につくりかえて、街道をゆく人々に振る舞おうと、峠の茶屋のお接待《せったい》が始まったのですよ。

お地蔵さんも大忙しです。お出しする茶《ちゃ》のお茶《ちゃ》っ葉《ぱ》やらをあちこちに出かけて取ってくる。小豆《あずき》を煮て餡《あん》をつくったり、団子に混ぜ込むヨモギも取りに行って団子づくりをお手伝い……。わたしも何か仕事をしなくてはいけません。すると真奈胡さんがこういいます。「顔を撫《な》でて行く旅人には、その口をすぼめて小さく息吹《いぶ》いてさし上げなされ」

この息吹《いぶ》き、けっこう効くようなのですよ。足の痛みがスーッと取れるとか、重い腰が急に軽くなったとか。旅人は茶屋で一服《いっぷく》した後、そんなことをいい残して峠を下りて行きますがね、わたしは人々のその申しようがとてもうれしい。もっとシゴトをしたい、と真奈胡さんに相談したら、「[12]気吹戸主《いぶきどぬし》さまに引き合わせる」と仰ってくださいましてね。

(五)

それから何年経ちましたろう……。峠の茶屋でのお接待《せったい》はとてもとても楽しくて、ヌシさまにお会いしなくても、息吹《いぶ》きの力はどこからともなくやって来る。おそらくは人々の「有難い」と思う気持ちが威力《いりょく》を強め、それが人の身体《からだ》に入ると足腰《あしこし》の痛みを砕いて、ツミやケガレまで払《はら》ってしまうようなのです。それを神通力《じんつうりき》と言ったりする人がありますがね。

さて、そうした心地《ここち》よい安穏《あんのん》の日々《ひび》も永遠《えいえん》ではありません。気がつくと、世の中がにわかにざわつき出し、街道を武者《むしゃ》どもが走りまわる。そうですよ。騒がしい戦国の世に入ったのですよ。まあ、ひどいものです。茶屋は打《う》ち壊《こわ》す、お地蔵さんも蹴《け》っ飛ばされる。わたしは刀《かたな》を振りまわす輩《やから》に毎日踏《ふ》みつけられる……。

三瀬谷の真奈胡さんのおヤシロも、悪党《あくとう》どもが大暴《おおあば》れして、跡形《あとかた》もなく壊《こわ》されましたよ。一方、わたしは自分で動くことができません。気の毒に思った真奈胡さんとお地蔵さんは、ある夜《よる》わたしを竹の筏《いかだ》に乗せ、街道を駆け下ってくれたのですよ。

着いた先は瀧原《たきはら》のお宮《みや》のとばっ口、端《はし》っこ……。ここならば生涯《しょうがい》踏《ふ》みつけられることもあるまいよ、と新たな居場所を見つけてくれたのです。こちらも熊野《くまの》への街道《かいどう》です。真奈胡さんと峠のお地蔵さんには感謝しています。おまけに「足神《あしがみ》」という名札《なふだ》までつくってくださいましてね。それにしても長いことお会いしていません。また三人でお接待《せったい》をしたいと思うのですが、お二人は今、どうしていらっしゃるんだか。

三重県大紀町「旧熊野街道」にある足神さん

【注釈】

1　宮川《みやかわ》　三重県大紀町《みえけんたいきちょう》を流れる川
2　二里《にり》　距離《きょり》の単位《たんい》。一里《いちり》は約四キロメートル
3　ゴロタ石（ごろた石）　地面や川底に転がっている石ころ
4　デコ（でこ）　おでこ。額《ひたい》
5　瀬《せ》　川の浅いところ。歩いて渡れる
6　神気《しんき》　説明のつかない不思議な力
7　おちょぼ口《ぐち》　小さくてかわいい口
8　溜《た》まり石　注《そそ》げば水が溜《た》まるくぼみのある石
9　峠《とうげ》の茶屋《ちゃや》　峠にある旅人のための休憩所《きゅうけいじょ》。茶や菓子を出す
10　注連縄《しめなわ》　神聖《しんせい》な場所、神聖な木や石に張る縄。紙四手《かみしで》を下げる
紙四手《かみしで》は注連縄《しめなわ》などにつけて垂《た》らす白い紙
11　祝部《はふりべ》　下位の神職
12　気吹戸主《いぶきどぬし》　息《いき》を吹《ふ》きかけて罪《つみ》・けがれを祓《はら》い去《さ》り、生きる力を与《あた》える
神《かみ》

十四　神鏡《みかがみ》

おもな登場人物

わたし……神社の境内《けいだい》を掃除《そうじ》する人

旅人《たびびと》………参拝《さんぱい》の者

（一）

えっ、はいはい。何でしょ。何かご用で……。ああ、おヤシロですか。お訪ねのおヤシロは……川向こうのほれ、あそこ。左手に、こんもり小山の森。朝熊神社《あさくまじんじゃ》はあの森の中。もう一つの鏡宮神社《かがみのみやじんじゃ》はその右手ですよ……。そこの川、ご承知《しょうち》の五十鈴川《いすずがわ》。近所に堀割橋《ほりわりばし》という橋がかかっていますから、渡って土手沿《どてぞ》いに行けばすぐです。お参りするのであればご案内いたしましょ。わたしはね、二つのおヤシロの掃《は》き掃除《そうじ》を請《う》け負《お》っている村の者です。野良仕事《のらしごと》の前、小半時《こはんとき》ばかり箒《ほうき》がけをするのですよ。

それにしても、旅のお方。何ゆえに鏡宮神社にお出《い》でになった。風光明媚《ふうこうめいび》といえば近隣《きんりん》のおヤシロのうちで一番かも知れません。五十鈴川にそそぐ小さい朝熊川がつくった三角の洲《す》。そこにおヤシロが建っている。だから三方《さんぽう》は川面《かわも》で、背の低い木々が社地《しゃち》を囲んでいましてね。ちょっと他にはないと思いますよ、そんな景色《けしき》は。

けれどここに来なさった訳《わけ》、そんなことじゃないのでしょ。珍しいおヤシロ名《めい》だし、何よりもその名前になっている鏡《かがみ》……。岩上二面《いわのうえのふたつの》神《み》鏡《かがみ》というのですがね。白っぽいのと赤っぽいのと二枚の神鏡《みかがみ》。これが虎石《こせき》という石尊《せきそん》におかれている。ここに来れば誰でも神鏡を見ることができて、何やらのご利益《りやく》をさずかるって、そんな話を街のどこぞのめし屋の女将《おかみ》にでも聞いて、面白そうだと来てみたのでしょ……。

（二）

鏡宮神社《かがみのみやじんじゃ》に着きましたよ。ほらここ。土手道《どてみち》に参道口《さんどうぐち》があるのです……。境内《けいだい》への石段を下《くだ》りますが、何段ありますかね。十一段でしたよ。ね、変わってるでしょ、下《さ》がりの石段。こうした設《しつら》え、ここだけですよ。参道口といい、小さいヤシロといい、いいでしょ、この小さい感じが……。

そうそう、虎石《こせき》と二枚の神鏡がどこにあるかって？　ご覧の通り、そんなもの、ありませんよ。ありませんって、どこにも。ついて来て下さいな。ちょっとヤシロの裏に行ってみますよ。ほらこれ。川床《かわどこ》に木の柵が設《しつら》えてある。寸法は[1]三尺四方《さんじゃくしほう》ですかね。その柵の中に虎石《こせき》が見えていますよ。これが人々のいう虎石《こせき》なのですが、苔《こけ》がくっついて緑色《みどりいろ》になっている。高さは一《いっ》尺半《しゃくはん》ばかりのゴツゴツした岩ですよ。

身《み》の丈《たけ》ほどもある……と思っておられたでしょ。ところがほれこの通り、川床の小さい岩。ゴツゴツがトラの顔に似ている。どうです、似ていますか。まあ、がっかりしないでくださいな。

ここは川ですが、海に近いので汐《しお》の[2]干満《かんまん》があります。いま、ちょうど汐《しお》が引いたところです。するとこのように川床にチョコンと岩が現れる。旅のお方《かた》は運がいい。汐《しお》が下《さ》がっているときだけ見られるのですから。まあ、そんなにがっかりしないでくださいな。虎石《こせき》が見られてよかったじゃないですか。こちらを先にお参りして、お隣の朝熊神社《あさくまじんじゃ》にまいりましょ。川に架《か》かった、ほら、そこの人一人《ひとひとり》通れる小橋《こばし》。あれを渡ればおヤシロに行けますから……。

（三）

ところで、あなたがご覧になりたかった神鏡《みかがみ》は、昔はこちらの朝熊神社に措《お》かれていたらしいのですよ。その神鏡のご神威《しんい》だかご神徳《しんとく》だか、飛び抜けていたのでしょうねえ。だから朝熊神社のことを「カガミノミヤ」と、神事《しんじ》でやって来る[3]祝部方《はふりべがた》は、そうお呼びになっていた。昔はこちらが鏡宮神社だったのですよ。

大事なことをお話ししますよ。このおヤシロのご祭神《さいじん》、ちと聞きなれないお名前と思います。朝熊山と朝熊川の水神《すいじん》さんなのですが、お一人は山の神のオオヤマツミさま。それと、娘子《むすめご》のイワナガヒメさまとコノハナサクヤヒメさま。二枚の神鏡が置かれたのは、このお二方《ふたかた》が化粧《けわい》の時、鏡を取り合わないように、とのご配慮《はいりょ》から来ているようですよ。二つの神鏡のうち、白をサクヤさまが、赤をイワナガさまがお使いになったかどうかは判《わか》りませんがね。

（四）

さてわたしは、今から朝熊神社のおヤシロを掃《は》き清《きよ》めますけれど、お手伝い下さいますか。掃き清めは心身《しんしん》のハライキヨメにも通じますよ。ではあなたさまは参道口《さんどうぐち》から社殿前《しゃでんまえ》まで。わたしはおヤシロの周《まわ》りを箒《ほうき》がけしたあと、きょうは扉《とびら》をあけて神鏡を磨《みが》きますから、ぜひご覧《らん》になってみてください。

さあ……、落ち葉一つない綺麗《きれい》な参道になりましたね。もそっとおヤシロに寄って、二礼《にれい》して、内《なか》の神鏡《みかがみ》をご覧になってくださいな。大きいでしょう……。一尺半ほどあります。けれど、先ほどお話しした古い時代の神鏡ではありません。しかも一つきり。

ご承知《しょうち》かと思いますが、戦国《せんごく》のころは伊勢《いせ》のお宮《みや》も大層疲弊《ひへい》して、周辺の摂社《せっしゃ》[4]・末社《まっしゃ》などは祭祀《さいし》も行われずに放置され、朽《く》ちて森に還ったおヤシロがほとんどです。この朝熊《あさくま》のおヤシロも鏡宮《かがみのみや》も、跡形《あとかた》もなく消え去って、のちに再興《さいこう》しようとしたとき、社地《しゃち》がどこだったか、探し出すのに大層《たいそう》苦労したという話です。そのときに据《す》えられたのがこの神鏡《みかがみ》。よくよくご覧になってくださいな。何が見えますか。ご自分のお顔が見えますか。お顔のほかに何か見えますか。

（五）

あなたはご商売の行く末が心配なのですね。それと延命長寿《えんめいちょうじゅ》が気がかり……。人には寿命《じゅみょう》がありますから、十日のちに病《やまい》で斃《たお》れても、それは致《いた》し方《かた》ないことです。が、ここのイワナガヒメさまは長生《ちょうせい》のご神徳をお持ちですから、願かけをしてみたらいかがですか。神鏡《みかがみ》がにわかに輝《かがや》き始めたら、思いが通じたということですよ。えっ、わたしが誰かって。お会いしたとき申し上げたように、村人ですよ。ムラビト。

で、わたしはここの掃除《そうじ》が終わったら、また別のおヤシロにも行かねばならぬのです。五里《ごり》[5]ほど南の大歳神《おおとしがみ》のおヤシロ。実はわたしはそこの主《ぬし》なのですがね、神鏡を通って行くとすぐなので、ちょっとそちらに行って、神鏡を磨いてきますから。

旅のお方《かた》、これもご縁《えん》です。あなたの未来世《みらいよ》を少しだけ、映して差し上げますよ。ご覧になるもならぬも、どちらでもよろしいのですが、朝熊のおヤシロを立ち去るときは、扉《とびら》を閉めて行ってくださいな。またお逢いできるといいですね、ごきげんよう。

【注釈】

1　三尺《さんじゃく》　一尺《いっしゃく》は約三十センチ
2　汐の干満　海水の満ち引き
3　祝部《ほふりべ》　神社で神事《しんじ》を行う下級の神職《しんしょく》
4　摂社《せっしゃ》・末社《まっしゃ》　大社《たいしゃ》が管理する近隣の小社《こやしろ》。伊勢神宮は、エリア全体で百以上もの摂社・末社がある
5　五里《ごり》　一里《いちり》は約四キロメートル

十五　雨後筍《うごじゅん》

おもな登場人物

雨後筍《うごじゅん》（仙童、弟）
雨後蓮《うごれん》（仙童、兄）
孫悟空《そんごくう》
玉帝《ぎょくてい》
太白金星《たいはくきんせい》
乱樹羅《らんきら》（圃場の土地神）
千里眼《せんりがん》
順風耳《じゅんぷうじ》
観音菩薩《かんのんぼさつ》
恵岸《えがん》

（一）

「……ゴ、そん・クウゥゥゥ……。わたしはオマエヲ、ケッシテ、ユ・ル・サ・ナ・イッ！」

　ここは天界の蟠桃園《ばんとうえん》[1]です。桃畑《ももばたけ》の仙童雨後荀《せんどううごじゅん》[2]は、きょうの日もまた、怒《いか》りに震《ふる》えた声を押《お》し殺《ころ》して唸《うな》りました。それを聞いた雨後蓮《うごれん》は、諭《さと》すようにこう宥《なだ》めます。

「弟よ。きょうはこれで三回目ぞ。あの忌《い》まわしい事件《じけん》から一週間。わたしの気持ちもそなたと同じだが、悪夢《あくむ》として忘《わす》れようぞ。コメカミに青筋《あおすじ》ばかり立てていると、修羅道《しゅらどう》[3]に落ちてしまうぞ……」

　雨後荀が口にした「ゴソンクウ」とは、玄奘《げんじょう》[4]の弟子《でし》となって取経《しゅきょう》[5]の旅に出るはるか以前、方々《ほうぼう》で悪さをして事件を起こし、人々に迷惑《めいわく》をかけていた奸物《かんぶつ》[6]、孫悟空《そんごくう》のことです。

　雨後荀が、なぜそう呼《よ》ばわったのかというと、奸物《かんぶつ》は、恐らく視力《しりょく》は天界の衛士《えいし》、千里眼《せんりがん》の一千倍。聞き耳の鋭さは、同じく順風耳《じゅんぷうじ》の一千倍。ですから、敵意《てきい》をこめてうっかり「孫悟空っ！」といってしまえば、万里の彼方《かなた》にあってもすぐに気がつき、觔斗雲《きんとうん》を駆《か》ってやって来て、「オレを呼んだか」と[7]がなられる。雨後荀は賢《かしこ》い仙童でしたから、それを十分に承知して、わざと名前を[8]変《へん》てこに呼んで[9]察知《さっち》をかわすのでした。

（二）

ところで、雨後蓮のいう事件と、今に至《いた》るまでの事情《じじょう》は次のようなものです。花果山《かかざん》の猿王《さるおう》だった山猿《やまざる》は、ある熱烈《ねつれつ》な思いから、三年がかりで西方の霊台方寸山《れいだいほうすんさん》へやって来て、山主《さんしゅ》の[10]菩提祖師《ぼだいそし》に入門します。山猿は、ここで初めて名前を与えられ、以後、孫悟空と名乗《なの》ることになりました。そして十年の修行《しゅぎょう》を経て大方《おおかた》の[11]方術《ほうじゅつ》や仙術《せんじゅつ》を習得《しゅうとく》し、觔斗雲《きんとうん》を駆って花果山にもどると、一族を妖魔《ようま》の侵略《しんりゃく》から護《まも》るため、兵備《へいび》を整《ととの》えます。それがすむと今度は、近所の東海龍王《とうかいりゅうおう》を訪ね、自身を護《まも》る最強の武具《ぶぐ》や戦闘服《せんとうふく》を調達《ちょうたつ》するのですが、その一つが[12]宝《ほう》器「神鉄《しんてつ》の如意金箍棒《にょいきんこぼう》」でした。

悟空は、丈《たけ》も太《ふと》さも重《おも》さも自在《じざい》に変化《へんげ》するこの神鉄《しんてつ》を大層《たいそう》気に入って譲《ゆず》り受《う》けますが、実際は、習得した仙術《せんじゅつ》や腕力《わんりょく》をチラチラと見せ、最後は凄《すご》んでかすめ取る、といったやり方でしたから、居合わせた南海龍王《なんかいりゅうおう》も西海龍王《さいかいりゅうおう》も北海龍王《ほっかいりゅうおう》も、そして長兄《ちょうけい》の東海龍王《とうかいりゅうおう》も、何度も来られては迷惑千万《めいわくせんばん》と、しぶしぶ宝器《ほうき》を手放《てばな》します。しかし、「無法者《むほうもの》の山猿《やまざる》に脅《おど》し取《と》られた」という気持ちは収《おさ》まらず、悟空の悪態《あくたい》や威喝《いかつ》をつぶさに書面《しょめん》に認《したた》め、兄弟連名《きょうだいれんめい》の訴状を、かの[13]玉《ぎょく》帝《てい》に届《とど》け出《で》るのでした。

玉帝は、龍王らの苦情に驚きを禁《きん》じえませんが、悟空のやり方があまりにも酷《ひど》いので、すぐさま天兵《てんぺい》を送って討《う》とうとします。ところが玉帝は、「山猿《やまざる》は天地開闢《てんちかいびゃく》のとき、盤古《ばんこ》さまが天《てん》地日月《ちにちげつ》の精《せい》を押し固めてつくった、仙石《せんせき》から生まれ出《い》でた聖猿《せいえん》」であることを承知していましたから、ここは側近《そっきん》の太白金星《たいはくきんせい》の言《げん》をいれて、まずは天界に呼び、仕事を与え、勤務態度《きんむたいど》を見ながら粗暴《そぼう》をそぎ落とすことを考え、天馬《てんま》一千頭の世話《せわ》をする「弼馬温《ひつばおん》」に就《つ》けたのでした。

このことは、悟空には願ってもみないことでした。天界《てんかい》の一員になれたことが何よりも嬉《うれ》しく、その日から熱心《ねっしん》に馬の世話《せわ》をして、毛並《けな》みも体つきもさらに輝く天馬に仕上げましたが、ある日厩舎《きゅうしゃ》の仲間に「弼馬温《ひつばおん》とはどういう役所《やくしょ》ですか」と訊《き》くことがありました。すると男らはニヤニヤ笑って、

「そなたは何か[14]勘違《かんちが》いしている。役所《やくしょ》などではない。われらは天界の者ではあるが、単なる馬《うま》飼《か》いさ。大事なのは草をやって運動をさせること」といいました。

これに、悟空は目を吊り上げて奥歯《おくば》をかみ鳴《な》らし、「帰る！」といって花果山に下《くだ》ってしまいます。

「一族四万七千余の王で、無敵《むてき》の仙術《せんじゅつ》を身につけたオレさまが、天界では一介《いっかい》の厩番《うまやばん》か。ずいぶんと軽く見られたものよ」

手長《てなが》や赤尻《あかじり》といった長老《ちょうろう》は、悟空の愚痴《ぐち》を聞きながら慰労《いろう》の酒を注《そそ》ぎますが、やがて酔《よ》いがまわり、調子《ちょうし》にのった悟空が、「ヤツを[15]玉座《ぎょくざ》から追い払ってやる」と罵《ののし》ったその一言が、南天《なんてん》

門《もん》の物見台《ものみだい》から下界《げかい》の様子を窺《うかが》っていた千里眼《せんりがん》と順風耳《じゅんぷうみみ》の耳に届きます。そしてこの騒動が玉帝に伝わると、李天王《りてんのう》、哪吒太子《なたたいし》、巨霊神《きょれいしん》といった天将《てんしょう》[16]らに命じて、すぐさま討伐隊《とうばつたい》を差《さ》し向《む》けるのでした。

こうして花果山の水簾洞《すいれんどう》[17]は、大勢《おおぜい》の天兵《てんぺい》に取《と》り囲《かこ》まれます。しかし、相手は山猿《やまざる》の田舎漢《いなかもの》ですから、先鋒《せんぽう》[18]、巨霊神《きょれいじん》の天斧《てんぷ》の一撃ですぐさま決着がつくものと思われました。ところが悟空は、如意金箍棒《にょいきんこぼう》を巧《たく》みに操《あやつ》って巨霊神《きょれいじん》を撃破《げきは》します。次に、若手の勇者哪吒太子《なたたいし》が、得意の三面六《さんめんろっ》臂《ぴ》[19]に変化《へんげ》して、魔物《まもの》を砕《くだ》く六本の刀剣《とうけん》をブンブン振《ふ》りまわすと、悟空も神鉄《しんてつ》を力まかせに振《ふ》って太子《たいし》と激《はげ》しく打ち合います。互いに一呼吸《ひとこきゅう》入《い》れたとき、ここぞとばかり「身外身《しんがいしん》の術」を用《もち》いるべく、顎《あご》の毛を一本抜いて「変化《へんげ》」、「咬《か》め」と唱えるや、悟空そっくりの小猿《こざる》が一匹現れて太子《たいし》の腕をガブリとやったものですから、痛みで戦意《せんい》を失った太子《たいし》も敢無《あえな》く敗退《はいたい》。討伐隊《とうばつたい》は作戦《さくせん》を変更《へんこう》せざるを得なくなりました。

軍議《ぐんぎ》にふたたび現れたのが太白金星《たいはくきんせい》でした。金星《きんせい》はこういいます。

「やはり天界に据え置いて、ただただ養《やしな》いおく、という策《さく》以外にはありますまい。ヤツは花果山で『斉天大聖《せいてんたいせい》（神にも斉《ひと》しい無敵の大聖者）』という幟《のぼり》までつくって強さを誇り、天兵《てんぺい》が退《たい》却《きゃく》したのを祝《いわ》っておりますぞ」

金星《きんせい》は、山猿《やまざる》の高慢《こうまん》[20]な鼻《はな》をへし折《お》る方策《ほうさく》をこう説《と》きます。

「みずからを大聖《たいせい》と名乗るのなら、斉天大聖府《せいてんたいせいふ》という役所《やくしょ》をつくって、部下の役人もつけてやりましょう。もちろん役務は何もありません。西王母《せいおうぼ》さまの広大な蟠桃園《ばんとうえん》のすぐ近所、瑶池《ようち》の畔《ほとり》に館《やかた》を建てさせ、仙果の蟠桃《ばんとう》を盗賊から護り、よく育てる。そのために、三日に一度は圃《ほ》[21]場《じょう》に入り、仙果《せんか》の様子を見てまわる。それが任務《にんむ》だ、と申しつけるのです。瑶池《ようち》も蟠桃園《ばんとうえん》も南《なん》天門《てんもん》からよく見えますし、異変《いへん》があれば急行《きゅうこう》できます」

玉帝《ぎょくてい》は大きく頷《うなず》いて、この懐柔策《かいじゅうさく》[22]を許可《きょか》しました。

（三）

ところが、騒動《そうどう》は一週間も経《た》たないうちに起こります。悟空は大聖府《たいせいふ》に赴任《ふにん》したその日、府《ふ》庁《ちょう》の役人《やくにん》を引《ひ》き連《つ》れて、満面《まんめん》の笑《え》みで圃場《ほじょう》の視察《しさつ》に出かけました。前園《まえぞの》の正門《せいもん》で、土地神《とちがみ》で圃場の管理者の乱樹羅《らんきら》と、下働《したばたら》きの雨後蓮《うごれん》、雨後筍《うごじゅん》兄弟《きょうだい》らの挨拶《あいさつ》を受けましたが、そのとき乱《らん》綺羅《きら》は得意《とくい》になって、蟠桃園《ばんとうえん》について次のように説明《せつめい》します。

「ご承知と思いますが、蟠桃《ばんとう》とは桃の種類で、ヘタとお尻《しり》をギュッと押しつぶしたような不格《ぶかっ》好《こう》な桃果《とうか》です。前園《まえぞの》には三千年来《らい》の桃の木が千二百本植《う》わっています。中園《なかぞの》には六千年木《ぼく》が千二百、奥園《おくぞの》では九千年木《ぼく》がやはり千二百植《う》わっており、大聖《たいせい》さまには時折《ときおり》お出《で》まし願い、これら仙桃《せんとう》の健《すこ》やかな成長を見守っていただく、といったことを伺《うかが》っております」

悟空は、圃場《ほじょう》の規模《きぼ》と木々の多さに驚きましたが、一方で、最大の関心事は桃果《とうか》の効能《こうのう》とその味わいです。

「蟠桃は年に一度、西王母《せいおうぼ》さまの誕生日を祝う蟠桃会《ばんとうえ》で来賓方《らいひんがた》に振《ふ》る舞《ま》われます。しかし、皆さまが等しく最高級の熟果《じゅくか》を頂戴《ちょうだい》できるわけではありません。地位《ちい》とお働《はたら》きによって、お出しする仙果《せんか》に違いがあるのです。前園の桃は多少小さめですが、それでも熟果は、育った年月分の長生《ちょうせい》と無病《むびょう》が期待できます。中園、奥園の熟果を食せば、飛翔《ひしょう》に適《てき》した身体《からだ》になり、長生は、中園の桃果で六千年、奥園の熟果では天地日月《てんちにちげつ》の長寿を得るといわれております。味《あじ》、香《かお》りとも頂上《ちょうじょう》の仙果は、黄や赤に紫の紋《もん》がさして目にも彩《あや》。もてる仙力《せんりょく》も強大《きょうだい》になります……」

「分かった。もうよい。盗《と》られぬよう、ムシがつかぬよう、大切に育てねばな」

悟空は、聞いている傍《そば》から食指《しょくし》[23]が動き、早く奥園を見たくなりましたが、お付きの者どもがどうにも煩《わずら》わしく、「連中の目をどう躱《かわ》すか」を考えています。そして奥園にやって来ると、あちらの丘《おか》に東屋《あずまや》[24]を見つけニヤリとし、「馴《な》れない視察《しさつ》でワシは疲れた。あの東屋《あずまや》で小半時《こはんとき》休んで行くゆえ、諸君《しょくん》は先に戻《もど》っておれ」といって東屋の長椅子に腰をおろすと、すぐにガーガーと鼾《いびき》をかいて、ウソ寝をしてみせるのでした。

　悟空の仕事始めは何事もなく、刻限どおりに終了しました。それから三日を隔て、ふたたび視察がありました。乱綺羅《らんきら》と雨後兄弟《うごきょうだい》も、府庁の役人らも、長官悟空《ちょうかんごくう》の慎《つつ》ましやかな態度《たいど》に安堵《あんど》して、東屋《あずまや》での小休止にはとくに口を挟む者はありませんが、ある日、雨後荀ばかりは、長官のいつもとちがう逸《はや》った態度が気にかかって、別の道から東屋に来てみるのでした。すると悟空はおらず、桃果《とうか》の薫香漂《くんこうただよ》う視線《しせん》の先で、官衣《かんい》を脱《ぬ》ぎ捨《す》てた山猿《やまざる》が、大きな桃の木に生《な》った紫《むらさき》の文様《もんよう》の蟠桃《ばんとう》を、右手で捥《も》ぎ左手で捥《も》ぎ、それでも足りず右足で捥《も》ぎ左足で捥《も》ぎ、未熟《みじゅく》の実は迷《まよ》わず投《な》げ棄《す》て、熟果《じゅくか》ばかりを口に運《はこ》ぶ姿《すがた》にわが目を疑《うたが》います。

山猿《やまざる》の胃《い》ぶくろはどうなっているのでしょう。次々に飲み込んでも腹が膨れる気配はありません。その喰《く》いっぷりは狂喜乱舞《きょうきらんぶ》です。雨後筍は「大変なことになった」と強く思いましたが、相手は神鉄《しんてつ》を操《あやつ》る荒《あら》っぽい山猿《やまざる》ですから、騒《さわ》ぎ立《た》てることもできず、しばらくはただただ見据《みす》えるばかりでした。折《おり》よく西王母さまのお使《つか》いで、桃果《とうか》を採《と》りにきた七仙女《しちせんにょ》[26]が立ち現れると、さすがに爆食《ばくしょく》の手も止まり、告げ口されては一大事とばかり指をパチンと鳴らして金縛《かなしば》り[27]にし、筋斗雲《きんとうん》を呼んで一目散に逃げ出しました。

ところが悟空は、翌日に迫った蟠桃会《ばんとうえ》の会場を通過したとき、あまたのご馳走《ちそう》と仙酒《せんしゅ》の大甕《おおかめ》が置かれているのを見つけて、凝《こ》りもせずふたたび喰《く》い散《ち》らかしました。ここでようやく腹が膨《ふく》れると、何食《なにく》わぬ顔《かお》で天界を離れ、故郷《ふるさと》の花果山《かかざん》に下《くだ》ってしまうのでした。

（四）

前代未聞《ぜんだいみもん》の災禍《さいか》に見舞《みま》われた桃畑《ももばたけ》では、被害の全容を把握するため、大勢の役人が来て被害《ひがい》の調査《ちょうさ》が始まりました。とりわけ奥園《おくぞの》の桃果《とうか》がいくつ喰《く》われたのか、続々《ぞくぞく》と報告《ほうこく》が入りますが、百や二百では済みません。雨後兄弟の集計では、熟果の一万個が消え、残余《ざんよ》はわずかに百。残った実のうち中熟《ちゅうじゅく》ものが三百、未熟《みじゅく》も三百という数でした。

しかし、変事《へんじ》はそのあとです。山猿《やまざる》の不埒《ふらち》とどう関係があるのか、奥園《おくぞの》の木々は、人々の見ている前で生気を失い、葉を散らして端から枯死《こし》する事態《じたい》になりました。これに一同は絶句《ぜっく》し、「天界の桃の木が枯れるなど聞いたことがない。山猿《やまざる》の邪気《じゃき》が繊細《せんさい》な木霊《もくれい》を追い出してしまった」などと囁《ささや》かれました。そして、この異変に激憤《げきふん》し、「……ゴ、そん・クウゥゥゥ……。わたしはオマエヲ、ケッシテユ・ル・サ・ナ・イッ！」と絶叫したのが雨後荀《うごじゅん》でした。

雨後荀の怒《いか》りは、一週間経《た》っても、昇った月が引っ込むほどの激しさでしたが、ようやくわれに返って気が鎮《しず》まるや、「木枯《きが》れの理由はさておき、蘇生《そせい》、再生《さいせい》の術《じゅつ》を使うお方《かた》を知りませぬか」と、蟠桃園《ばんとうえん》を見に来た天界の政務官《せいむかん》らに訊《たず》ね歩《ある》いてみるのでした。

「それならば、[28]普陀落山《ふだらくせん》におられる観音菩薩《かんのんぼさつ》さまを訪ねてみてはいかがでしょう」と申し述べたのが南天門の衛士《えいし》、千里眼《せんりがん》と順風耳《じゅんぷうじ》でした。

文字通り、二人は天界地界の[29]飛耳長目《ひじちょうもく》の徒《と》でしたから、地上の出来事《できごと》もよく知っています。菩薩の名前を出したのは、蘇生術《そせいじゅつ》を知るかどうかは別にして、実は地上でひそかに蟠桃《ばんとう》を育てていることを知っていたからで、その蟠桃《ばんとう》の出どころは、もちろん雨後荀《うごじゅん》らの蟠桃園《ばんとうえん》でした。

順風耳《じゅんぷうじ》によれば、菩薩《ぼさつ》はつねに蟠桃会《ばんとうえ》の賓客《ひんきゃく》です。宴《うたげ》では毎年、紫紋《むらさきもん》の桃を食します。ところがある年、ふと仙果《せんか》に興味をもち、西王母さまの許可を得て種を一つ、持ち帰ることを許されました。そして、ある山麓《さんろく》に野生《やせい》の蟠桃《ばんとう》を見つけると、試《こころ》みに種を植えてみるのでした。するとどうでしょう。種はすぐさま芽を出し、幹は腰の高さになり、何やら期待が持てそうでした。千里眼《せんりがん》はそれを南天門から見ていたのでした。

菩薩《ぼさつ》はこのことを西王母さまに報告しました。西王母さまは「年に一つなら」と、種の持ち出しを許可しましたが、蟠桃園《ばんとうえん》のように、木々を集めて圃場《ほじょう》を築《きず》いてはいけない旨《むね》を申し送ります。「仙果《せんか》の在処《ありか》が分かれば、[30]痴《し》れ者《もの》が嗅《か》ぎつけて奪《うば》い合《あ》いが起《お》こる」との挨拶《あいさつ》でした。

のち、菩薩《ぼさつ》の蟠桃《ばんとう》の木は、一本として欠けることなく一千本に増えました。栽培に熱心だった菩薩の次の期待は「紫紋《むらさきもん》の熟果《じゅくか》が生《な》るか」です。菩薩は、この仙果の育成を早める方法に心当たりがありました。そこで、如来《にょらい》がいらっしゃる天竺《てんじく》の雷音寺《らいおんじ》から「甘露水《かんろすい》」なる聖水を取り寄せてみました。甘露水の甕には呪符が貼りついていて、それをたくさん写し取り、一千本の幼木に貼りつけました。菩薩は、甕《かめ》に楊《やなぎ》の枝を突っ込んで、滴《したた》れを幼木に打ち振りながら呪文を唱えたところ、幼木は、なんと一振りで一寸《いっすん》、また一振りで一寸伸び、幹も太くなって、小半時で堂々たる九千年木《ぼく》に育ち、おまけに八重咲《やえざき》の花芽《はなめ》が現れて、花々が一斉に咲くといった有様《ありさま》でした。そして、甘露水の滴《したた》れが花びらの芯に当たると花は散り、やがて見たこともない立派な紫紋《むらさきもん》の熟果をつけ、得も言われぬ芳香《ほうこう》を放《はな》ちます。菩薩は、この爛桃山《らんとうざん》での試験栽《しけんさい》培《ばい》に確かな手ごたえを感じ、ふたたび如来のもとへ甘露水をいただきに上がり、爛桃山へ帰ってきたところで千里眼《せんりがん》と順風耳《じゅんぷうじ》、悲痛な顔つきの雨後兄弟《うごきょうだい》に出くわすのでした。

三人は、すぐさま菩薩に、蟠桃園の災難を申し述べました。すると菩薩は驚くこともなく、「ああ、山猿《やまざる》がやらかしましたか」と笑止《しょうし》[31]して、すぐにも収穫できそうな蟠桃の木を見せ、「これこそ予定調和《よていちょうわ》というもの。木々はあなた方が来られるのを待っていたようです」と、千年来の栽培の経緯を話し、見事な紫紋の桃果を五つ捥《も》いで、「仙果《せんか》か凡果《ぼんか》か、試食です。わたしも初めて食《しょく》します」と五人で風味を確かめました。

（五）

千里眼《せんりがん》と順風耳《じゅんぷうじ》はこれを玉帝《ぎょくてい》に報《ほう》じるため、飛雲に乗って飛び立ちました。そして菩薩は、雨後兄弟に蟠桃園の再生に全面的に協力する旨《むね》を伝え、再生案をこう話します。

「植物にも命の期限がありますから、枯れた原因は『樹木の寿命』という理解でよいと思います。なので枯れ木はすぐさま伐根《ばっこん》し、蟠桃園由来《ゆらい》の、地上で育った蟠桃の若木《わかぎ》を空輪《くうゆ》、植樹《しょくじゅ》し、雷音寺《らいおんじ》の甘露水《かんろすい》を与えるやり方で、圃場《ほじょう》の再生《さいせい》を図《はか》りましょう。お手伝いには弟子《でし》の恵岸《えがん》を派《は》遣《けん》します。恵岸は、あなた方もよく知る哪吒太子《なたたいし》さまの兄ですから、玉帝《ぎょくてい》、西王母《せいおうぼ》さまの覚《おぼ》えもめでたく、大いに力を発揮《はっき》いたしましょう」

恵岸《えがん》が、甘露水の甕《かめ》を携《たずさ》え、飛雲《ひうん》を飛ばしてやって来ました。その飛雲は「雲龍《うんりゅう》」という名前がついていました。

「山猿《やまざる》の觔斗雲《きんとうん》ほど高性能《こうせいのう》ではないにせよ、この雲は、三匹の龍《りゅう》が動力となっていて、大きくて重い荷《に》の運搬《うんぱん》には最適《さいてき》です。また、雲龍はよく聞く耳を持っており、乗り手の未熟も補ってくれますから、雨後蓮さま、雨後荀さま、天地の行《い》き来《き》で、ぜひに三匹の龍に話しかけて、直接操縦法《そうじゅうほう》を学んでください」

雨後兄弟は顔を見合い、抱き合って喜びました。

（六）

雲龍《うんりゅう》に乗った一行は、爛桃山《らんとうざん》の南側の、蟠桃《ばんとう》の木がパラパラと生えている上空《じょうくう》にさしかかりました。すると山主《さんしゅ》の菩提祖師《ぼだいそし》と三十余名《よめい》のお弟子《でし》らが手を振って、「こちらに降りなされ」と合図《あいず》しているのが見えました。祖師《そし》には、今般の山猿《やまざる》の不埒《ふらち》[32]も、菩薩《ぼさつ》の再生案《さいせいあん》もすでに伝わっていたようで、山の空《あ》き地《ち》には百ほどの蟠桃の若木《わかぎ》が荷造《にづく》りされ、あとは搬出《はんしゅつ》を待つばかりといった段取《だんど》りのよさでした。

ところで、三人を迎えた祖師《そし》も、そのお弟子らも、大層恐縮《きょうしゅく》していました。祖師はいっとき悟空の師であり、お弟子らも全員兄弟弟子《きょうだいでし》だったからですが、祖師には、悟空の驕《おご》りと見栄《え》っ張《ぱ》りが受《う》け入《い》れ難《がた》く、破門《はもん》[33]をいい渡したとき、「師事《しじ》[34]のことは口外無用《こうがいむよう》」と約束させました。のち、誰にも知られることなくここまで来たので、挨拶《あいさつ》もそこそこに、まずは若木の百本に呪符を貼り付け、荷を雲龍に積み込むのを指揮《しき》しました。

「では参るぞ、蓮《れん》に荀《じゅん》。雲の操作をよくよく見ておくよう……」

恵岸は、初めて見る蟠桃園の、被害が酷《ひど》かった奥園《おくぞの》を目にして眉間《みけん》にシワを寄《よ》せました。そして、「山猿《やまざる》の邪気《じゃき》に中《あた》ったと誰ぞが申しておったが、やはり齢《よわい》を重《かさ》ねた果《は》ての衰弱《すいじゃく》ですな。天界にあっても永遠不滅《えいえんふめつ》はないようです」と見立《みた》てを口にしながら、生気《せいき》がすっかり抜けて干《ひ》乾《から》びた木に、楊《やなぎ》の枝から甘露水を振りながら「滅滅《めつめつ》」と唱《とな》えました。すると呪文が効いて、朽《く》ちた木々は消滅し、これを繰り返すこと小半時、九百本もの枯れ木の処分が完了しました。根元には、二尺ほどの小穴が空くよう、また別の呪文を唱えました。


次の日の朝、雲龍が奥園の東屋《あずまや》に到着《とうちゃく》しました。三百ほどの蟠桃の木を残し、更地《さらち》となった奥園《おくぞの》は、恵岸の術《じゅつ》で綺麗に整備されましたが、雨後荀は「あの穴に一本一本植え込んで歩くのか……」と思うとふたたび怒りがこみ上げてきて、「ゴ、そん・クウゥゥゥ……。わたしはオマエヲ、ケッシテ・ユ・ル・サ・ナ・イッ」とブツブツ言いながら、気の遠くなるような植樹《しょくじゅ》を開始するのでした。

ところが恵岸は笑みを浮かべて、「お二人とも、案じなさるな。ほら、これです」といいます。東屋の柱《はしら》に据《す》えられた一輪挿《いちりんざ》しに差し込まれていたのは、仙具《せんぐ》の楊《やなぎ》の枝《えだ》でした。それと甘露水の甕《かめ》が三つ。加えて一千枚の呪符がありました。

「これがあれば、植え込みも千人力《せんにんりき》です」

恵岸は楊の枝を手に取ると、空輸《くうゆ》してきた若木《わかぎ》を指《さ》し示《しめ》し、「植植《しょくしょく》」と唱えます。すると若木はフワッと浮き上がり、きのう穿《うが》った小穴へ行儀《ぎょうぎ》よくおさまりました。

「雨後蓮さまも雨後荀さまも、枝を手に取って、同じことをやってみなされ」

「しょくショク……」

「植、しょく」

若木は、うんともすんとも応答しません。

「ショク、ショク」

「しょくしょく……」

「よろしゅうございます。本日《ほんじつ》は、若木をかついで、しばらく手植《てう》えでいきなされ。汗をかくのも修行《しゅぎょう》です」

夕刻になりました。この日の植樹は五十を数《かぞ》えたところで日が暮《く》れました。

（七）

蟠桃園の宿所《しゅくしょ》に戻った雨後荀《うごじゅん》は、兄に愚痴《ぐち》をこぼしました。

「いったい何日かかるだろう」

「そうだな、一千本か。十日か二十日か……。だが予定通りには行きそうもない。百日で終われば[35]御《おん》の字《じ》だ」

「……兄者《あにじゃ》、重《かさ》ね重《がさ》ね、ハナシは山猿《やまざる》のことです。ヤツの無分別《むふんべつ》、無配慮《むはいりょ》が、どれほどの人々に迷惑《めいわく》をかけたか。いや、そもそも分別《ふんべつ》ということばを持たないのでしょう。だから、わたしは……、ヤツを許《ゆる》せないのです」

「……そうはいうてもの、祖師《そし》さまのお弟子のとき、すでに対抗《たいこう》できる者《もの》がないほどの仙力《フォース》を得てしまったのだ。力をもつことと[36]人品《じんぴん》は、別のところにあるらしい。が、菩薩《ぼさつ》さまや恵岸《えがん》さまは、そのことで嘆《なげ》きはしない。修行《しゅぎょう》は、耐えられる者だけに与えられる、というが、盤古《ばんこ》さまが山猿《やまざる》に、どういう修行《しゅぎょう》をご用意されているか、すでにご存じなのだろう」

　早朝、兄弟は朝餉《あさげ》もそこそこに奥園《おくぞの》にやって来て植樹《しょくじゅ》を始めました。それぞれ若木《わかぎ》を十本ずつ手植《てう》えし、ひと汗流すと雨後荀は、楊《やなぎ》の枝《えだ》を手に取って若木を撫《な》で、「植植、植植」と呪文《じゅもん》を唱えてみます。が、恵岸《えがん》のようには行きません。

「腰の高さほどには持《も》ち上《あ》がりますが、それで終《しま》いです……」

「急ぐな、きのう習《なら》ったばかりでないか」

　恵岸《えがん》がやって来ました。「朝から感心感心」と言いながら、「若木をどうしたいのか、その姿を心にえがき出してみるのです。そして、事《こと》がその通《とお》りに運《はこ》ぶよう、呪文《じゅもん》に仙力《フォース》をこめる。口先だけの発声《はっせい》ではダメです。生きものと生きものの間に流れる生命の気《き》、活《かつ》、精《せい》。それを束《たば》ねて呪文《じゅもん》に乗《の》せる。声の調子《ちょうし》を工夫しながら、ということです」と指導しました。

若木を百本植《う》え込《こ》んだところで、恵岸《えがん》はまた新たな術《じゅつ》を見せてこういいます。

「桃の木を根付かせ、成木《せいぼく》にもって行く術《じゅつ》ですが、枝に甘露水をふくませ滴《したた》れをふる。ふりながら、呪符《じゅふ》に書いてある真言《しんごん》を丁寧《ていねい》に唱《とな》えます。七回唱えたら甘露水をふる。また七回唱えたら、滴《したた》れをふります」

兄弟は、難解《なんかい》な読《よ》みの少し長めの真言をそれぞれに発声しますが、恵岸の天竺《てんじく》ことばの独特《どくとく》の調子《ちょうし》には及《およ》ばず、若木はサヤサヤと初夏の風に吹かれているばかりです。

「きょうは、一日がかりで読みを覚えてください」

「はい、そうします。で、一つお訊《たず》ねいたします。真言《しんごん》には何か意味《いみ》があるのですか」

「いや、これと言った意味はありません。根が大地に張ります、養分を吸います、美しい花が咲きます、やがて実が生ります、と天竺ことばで言っているだけです。実にたわいない。けれど今、あなたは何かを感じ取ったでしょう。ことばには力があるのです」

雨後荀は、ただただ畏《かしこ》まって真似《まね》てみるほかありませんが、説明《せつめい》はいちいち新鮮《しんせん》で、恵岸の説《と》く「生命の気、活、精」もよく承知《しょうち》できたので、機会《きかい》あらば、ほかの術のいくつかを教わりたいと思いました。その恵岸に出会って、徐々《じょじょ》に山猿《やまざる》への恨《うら》みも薄《うす》れた四十日目、「植植《しょくしょく》」も、天竺《てんじく》ことばの真言も、ようやく力を発揮し始め、何もない原《はら》っぱが桃畑《ももばたけ》に変わって行きました。

雨後兄弟は「これならば百日はかからない」と思いました。

（八）

雨後荀、雨後蓮と、恵岸のたった三人での「蟠桃園復興事業《ばんとうえんふっこうじぎょう》」は八十一日で終了しました。百日にはならなかったものの、なぜ八十一日だったのか、恵岸いわく「菩薩が段取りを組んだから」なのですが、のちの玄奘《げんじょう》、悟空《ごくう》らの取経《しゅきょう》十四年の旅《たび》の中で、土地土地《とちとち》の妖魔《ようま》に襲《おそ》われた回数《かいすう》が八十一回。「艱難《かんなん》も、苦苦《くく》八十一回を数《かぞ》えねば、栄光は手に入らない」というのが菩薩の教えなのでした。

一方、復興事業《ふっこうじぎょう》は蟠桃園の大再生ですから、玉帝《ぎょくてい》も西王母《せいおうぼ》さまも、天将《てんしょう》や宿星《しゅくせい》ら多くの従者《じゅうしゃ》を動員《どういん》すれば「七日目には終わるだろう」と見立《みた》てました。しかし、一万年来の蟠桃会《ばんとうえ》が初めて非開催《ひかいさい》になったこともあり、蟠桃園にかかわる人々が、「この危機にどう知恵を巡《めぐ》らせ、どう行動《こうどう》するのか、ぜひ見ておきたい」として、指揮《しき》はしない旨《むね》を太白金星《たいはくきんせい》に申し送っていました。

そうした中、雨後兄弟の、とりわけ弟の雨後荀は、以前から、西王母さまや金星《きんせい》から「一を見て十を解《かい》するすぐれた洞察力《どうさつりょく》」との評価《ひょうか》を受けていました。彼らもちょうど「仙童《せんどう》」から、若き天仙《てんせん》への階段を上《のぼ》る時期《じき》に差《さ》し掛《か》かったこともあり、「功績《こうせき》によっては昇格《しょうかく》も」と考え、ときおり南天門の楼閣《ろうかく》から、瑶地《ようち》の方角に目をやるのでした。

　夏の暑さもやわらいだころ、雨後荀のもとに使者が現れて、畏《かしこ》まって辞令《じれい》を読み上げました。そこには、二択《にたく》の職《しょく》が記《しる》されていました。一つは、太上老君《たいじょうろうくん》付きの尚書補《しょうしょほ》で、[37]仙丹《せんたん》製造に用いる新たな八卦炉《はっけろ》の設計と運転を取り仕切る長官の補佐という役職でした。もう一つは、普陀《ふだ》落山《らくせん》の観音菩薩《かんのんぼさつ》からの招《まね》きで、「普済寺《ふさいじ》に来られてはどうか」との挨拶《あいさつ》でした。[38]伽藍《がらん》の一つ、潮音亭《ちょうおんてい》には、お世話になった恵岸《えがん》がいます。どちらに進むのも光栄の極みでしたが、雨後荀は、蟠桃園を去る前に見聞《けんぶん》したいことがありました。使者には、三日後に参上《さんじょう》する旨を申し上げ、すでに自在《じざい》に操《あやつ》れる雲龍《うんりゅう》に飛び乗って、下界に向かって降下《こうか》しました。

　雨後荀の向かった先は、悟空の棲《す》み処《か》「花果山水簾洞《すいれんどう》」でした。天界の時《とき》と、地上の時《とき》では、一日が一年という時差《じさ》がありましたから、悟空はとうに天竺行《い》きを終えて花果山《かかざん》にもどり、元気な姿で猿王《さるおう》に復帰しているはずでした。ところが、洞内《どうない》奥の大聖《たいせい》の間《ま》では、顔色もなく床《とこ》に伏した悟空が、あろうことか臨終《りんじゅう》を迎える間際《まぎわ》でした。雨後荀は、指をパチンと打ち鳴らしてミツバチに変化《へんげ》し、冷たい壁に張りつきました。

　ミツバチの視線の先では、長老《ちょうろう》以下百匹の重役《じゅうやく》らが、やせ細って見る影もない猿王《さるおう》の寝台《しんだい》を囲《かこ》んで、ある者はむせび泣き、ある者は猿王《さるおう》の武勇伝《ぶゆうでん》を語《かた》っていましたが、「天界の仙桃《せんとう》を嫌《いや》というほど食《しょく》し、また老君《ろうくん》[39]の仙丹《せんたん》も、豆を頬張《ほおば》るがごとくポリポリやった、と聞いたが、不老不死はどこへ行ったのか……」と赤尻《あかしり》が呟《つぶや》いたとき、悟空は息を引き取りました。享年《きょうねん》八百六十三でした。

つい半年前まで、不埒《ふらち》な悟空を奸物《かんぶつ》と見、遺恨《いこん》[40]まみれになっていた雨後荀でしたが、それも少しずつ消え、今では、かつての悟空もそうであったように、方術《ほうじゅつ》を使うことにさらに熱心《ねっしん》になって、指弾《ゆびはじ》き一つで変化《へんげ》したり、新たな術を獲得したり、何やら毎日が楽しくて仕方がありませんでした。ミツバチは、水簾洞《すいれんどう》を飛び出して雨後荀に戻《もど》ると、待機《たいき》していた雲龍《うんりゅう》に行先《いきさき》を告《つ》げます。

「普陀落山《ふだらくせん》の潮音亭《ちょうおんてい》へ」

道すがら、雨後荀は、兄の雨後蓮を西王母《せいおうぼ》館《やかた》の衛士《えじ》に押してくれた順風児には深く感謝して兄の進路を喜びました。他方《たほう》、余計《よけい》なお喋《しゃべ》りが端緒《たんしょ》[41]となり、山猿《やまざる》の粗暴《そぼう》[42]に火を付けた親方《おやかた》の乱《らん》樹羅《きら》は、やはり地上落《ちじょうお》ちになったようですが、親方が今どこで何をしているのか、風の便《たよ》りもありません。天界は、悟空の大暴《おおあば》れ以降《いこう》、突発的《とっぱつてき》な異変《いへん》、珍時《ちんじ》に備《そな》えるため、強力な天兵《てんぺい》の配備《はいび》と、職員《しょくいん》の整理《せいり》と移動《いどう》の真《ま》っ最中《さいちゅう》でした。

【注釈】

1　蟠桃園《ばんとうえん》　蟠桃《ばんとう》という品種《ひんしゅ》の桃果《とうか》を産《さん》する桃畑《ももばたけ》
2　仙童《せんどう》　仙人《せんにん》に仕えるこども
3　修羅道《しゅらどう》　日々、怒り狂って戦闘ばかりしている修羅《しゅら》が住む世界
4　玄奘《げんじょう》　七世紀、唐代《とうだい》の著名《ちょめい》な僧《そう》
5　取経　経典を取りに（授かりに）行くこと
6　奸物《かんぶつ》　こころがねじれた悪い人
7　がなる　わめく、どなること
8　変《へん》てこ　変なさま
9　察知《さっち》　知る。気づくこと
10　菩提祖師《ぼだいそし》　西方の霊台方寸山《れいだいほうすんさん》に棲む仏教の行者《ぎょうじゃ》。釈迦の弟子で、孫悟空の師
11　方術、仙術　仏教や道教の行者が使う魔法。不老不死を獲得し飛行も自在
12　宝器《ほうき》　尊い器物で大切な宝物
13　玉帝《ぎょくてい》　玉皇大帝《ぎょくこうたいてい》。中国道教の最高神で天界の支配者
14　勘違い　思い違い
15　玉座《ぎょくざ》　君主《くんしゅ》の座具《ざぐ》
16　天将《てんしょう》　天兵《てんぺい》を指揮する天界の指揮官

17 水簾洞　悟空とその側近たちの棲《す》み処《か》

18 先鋒《せんぽう》　戦闘《せんとう》で、部隊の先に立って進む者

19 三面六臂《さんめんろっぴ》　三つの顔と六つの臂《ひじ》をもつ仏像をいう

20 高慢《こうまん》の鼻《はな》をへし折《お》る　向こう気の強さや自信をうちこわすこと

21 圃場《ほじょう》　作物を栽培するための農地

22 懐柔策《かいじゅうさく》　手なずける方法

23 食指《しょくし》が動《うご》く　食指＝人さし指。欲望や興味が生じること

24 東屋《あずまや》　庭園などにある簡素な建屋《たてや》。眺望を見る、休憩する場所

25 逸《はや》る　勇み立つこと

26 七仙女《しちせんにょ》　七人の仙女。西王母の娘たち

27 金縛《かなしば》り　手足を自由に動かすことができない状態

28 普陀落山《ふだらくせん》　観音菩薩が降り立つ聖地

29 飛耳長目《ひじちょうもく》　遠くのことをよく見聞《みき》きする耳と目

30 痴《し》れ者《もの》　おろかもの。ばかもの

31 笑止《しょうし》する　気の毒がること

32 不埒《ふらち》　けしからぬこと。ふとどき

33 破門《はもん》　師弟関係《していかんけい》を断《た》って門下《もんか》から除《のぞ》くこと

34 師事《しじ》　尊敬して教えを受けること

35 御《おん》の字《じ》　結構《けっこう》なこと

36　人品　品格、品位

37　仙丹《せんたん》　不老不死《ふろうふし》の霊薬《れいやく》

38　伽藍《がらん》　仏教《ぶっきょう》を修行《しゅぎょう》する閑静《かんせい》な場所

39　老君《ろうくん》　太上老君《たいじょうろうくん》。道教の始祖とされる老子が神格化された一柱

40　遺恨《いこん》　忘れがたい深いうらみ

41　端緒《たんしょ》　事の始まり

42　粗暴《そぼう》　あらあらしくて乱暴なこと

十六　浦島後《うらしまご》

おもな登場人物

蟹屋伝兵衛《かにやでんべえ》（カニ）
箱屋蛸史郎《はこやたこしろう》（タコ）　教授《きょうじゅ》と呼ばれている
萬《よろず》 亀千代《かめちよ》（カメ）
浦島（八十一）太郎
乙姫《おとひめ》さま
龍 王《りゅうおう》さま
魚々家靭《ととやうつぼ》（ウツボ）
十脚宿借《とあしやどかり》（ヤドカリ署長）
ヤドカリ乙女《おとめ》

（一）

「はい、どなた」

「わたしです。蟹屋伝兵衛《かにやでんべえ》でございます」

「催促《さいそく》ですか。ご注文《ちゅうもん》ですか」

「いえ、さきの玉手箱の件《けん》で、乙姫さまの所感《しょかん》をお伝えに来ました」

「あぁ……今、手が離せないので、晩方《ばんがた》にしてもらえませんか」

「まあまあ、扉《とびら》を開けてくださいましよ。お伝えしなければ帰れませんので」

「……、わかりました。慎重に、そろりそろりとお入りください」

伝兵衛の蟹爪《かにつめ》が扉《とびら》の取っ手に触れたとき、わずかに静電気《せいでんき》が飛びました。次の瞬間、箱屋蛸《はこやたこ》史郎《しろう》の化学実験室は爆風《ばくふう》に見舞《みま》われ、窓も扉も吹き飛びました。蛸史郎は窓の向こうに投げ出され、伝兵衛は吹き飛んだ扉もろとも廊下の壁に叩きつけられました。

煤《すす》けた顔を海綿《かいめん》で拭《ぬぐ》いながら、城外からもどった蛸史郎は、壁にめり込んだ扉と伝兵衛を引っ張り出し、隣室の第二実験室に入ってひと息つきます。

「扉の内側の金具《かなぐ》からも静電気が出たようです。それが、床《ゆか》を這《は》って漏《も》れ出《で》ていた可燃性《かねんせい》のガスに引火した。腕が三本吹き飛びましたよ」

「わたしも足が二本もげてしまいました。始末書《しまつしょ》[2]は、わたしの署名《しょめい》で提出しておきますからご安心を。で、今回は何をつくっておいででしたか」

「そう、玉手箱《たまてばこ》。大幅に改良していました」

「そのことですがね、『やり過ぎ』とは、乙姫さまのお考えです」

　伝兵衛は続けてこういいます。

「浜で虐待《ぎゃくたい》されていた萬亀千代《よろずかめちよ》を救ったお礼に、八十一人目の浦島は、慣例通《かんれいどお》[3]り龍宮《りゅうぐう》に招待《しょうたい》されましたが、当初《とうしょ》乙姫さまは、浦島八十一太郎には『饗応三日《きょうおうみっか》[4]が相当』と指示されました。ところが宴会はひと月にもおよび、美酒にご馳走、珍味《ちんみ》の数々《かずかず》、ステージでは歌舞、演芸、おまけに寝所《しんじょ》では真綿《まわた》の寝具《しんぐ》に夜伽《よとぎ》といった悦楽《えつらく》がつくされ、浦島も欲が出て、三日では済まなくなりました。三十日の濃密《のうみつ》な饗応《きょうおう》は蛸史郎さまには無関係ですが、やはりやり過ぎですよね。そして、老いた母をふと思いやった浦島は、ようやく帰るといい出し、母へのお土産を無心《むしん》[5]された。これに乙姫さまは三段重ねの螺鈿《らでん》[6]の箱を持たせます。この豪華な玉手箱、やり過ぎでしょ。また浦島は、帰着した浜辺で一日が一年という龍宮との時差《じさ》に気がつき、家も母も遠い過去と承知して途方《とほう》に暮れます。そこで浦島は箱を開けますよ。すると煙が立って老人になった。次に浦島は、二ノ重の龍宮の鏡で自分を見て驚く。ここまではよいのです。次です。三ノ重に収めてあった鶴の羽《はね》に触れた途端《とたん》、鶴に変化《へんげ》[7]し、狂乱《きょうらん》して飛び去ったわけですね。鶴といえば聞こえはよいのですが畜生《ちくしょう》[8]です。畜生の道に落とされたわけですよ。浦島は、何か重大な罪を犯したのでしょうか。三十日の長逗留《ながとうりゅう》[9]は顰蹙《ひんしゅく》[10]ものですが、罪ではないでしょう。再々《さいさい》、浦島の末路《まつろ》が畜生道《ちくしょうどう》とは、龍宮は鬼《おに》の棲《す》み処《か》との悪評判《あくひょうばん》は免《まぬが》れない、と乙姫さまは仰《おっしゃ》っている……」

「まあ、わかりました。やはりそのことですね。次の浦島八十二太郎からは、箱は元の簡素な折箱《おりばこ》といたしましょう。中身は長寿の海《うみ》[11]ぶどうのみで、寿命の期限は百年でいかがでしょう」

（二）

一方、乙姫殿《おとひめでん》では、ある懸念《けねん》が持ち上がって会議《かいぎ》が取り持たれていました。年鑑編纂所《ねんかんへんさんじょ》[12]の魚々家靭《ととやうつぼ》がいうには、

「蛸史郎教授《たこしろうきょうじゅ》は、三種のお宝に自然消滅《しぜんしょうめつ》[13]の呪符《じゅふ》を添付《てんぷ》しなかったようで、品々《しなじな》はしばらく浜に転《ころ》がっていたようです。その後、村の誰かに拾われたらしいが行方《ゆくえ》しれず。また、飛び去った鶴の消息《しょうそく》もはっきりしません。龍宮の諸事情はすべて年鑑《ねんかん》に収《おさ》めます。ウソは書けませんから、浦島後のそれぞれを捜索《そうさく》してほしいのです」

龍宮警察の十脚宿借署長《とあしやどかりしょちょう》は、五十名のヤドカリ隊を編成《へんせい》し、すぐさま丹後《たんご》[14]の浜へ向かいまし

た。村は百人足《た》らずの小さな集落《しゅうらく》でしたから、浦島らしい男の家はすぐに見つかりました。家には五十男《ごじゅうおとこ》のあの浦島がいて、引き続き漁《りょう》を生業《なりわい》としているようでしたが、母親はすでに亡くなっていました。この光景に署長は、「煙《けむり》は、時差《じさ》三十年を正確に刻んだが……、」と呟きます。というのも、例の煙を浴びて老人になった浦島が、なぜもとの漁師にもどって今、目の前にいるのか。鶴の羽に触れた途端《とたん》、老いた鶴に変化《へんげ》して飛び去り、どこぞの田んぼで毒虫《どくむし》を喰らって斃死《へいし》したというハナシはどうなったのか。ヤドカリ署長は、大捜索《だいそうさく》の必要がなくなったので隊を解散させ、二名の署員を残し、浦島を観察《かんさつ》するのに戸口の梁《はり》に乗っかりました。

夕刻、土間《どま》に下《お》りてきた浦島は、「今夜は何を食《しょく》するか……」といって、竈《かまど》で煮炊《にた》きをするのかと思いきや、火は熾《おこ》さず、竈の上に設《しつら》えた真新しい食器棚《しょっきだな》の扉を開け、手を合わせました。そこにあの玉手箱がありました。次に、その玉手箱に向かって「酒、夕餉《ゆうげ》」と三回ことばをかけると、蓋《ふた》が開いて蒸気《じょうき》が立ちました。酒の香気《こうき》も香《かお》ってきて、旨《うま》そうな[15]一汁三菜《いちじゅうさんさい》が現《あらわ》れました。浦島は、一ノ重に現れた夕餉《ゆうげ》を膳《ぜん》に移し替《か》えると、「龍宮で飲んだのと同じこの酒が楽しみなのだ。煮物《にもの》も旨《うま》い、焼《や》き物《もの》の焦《こ》げ目《め》もいい」と満足して夕餉を済ませると、さっさと寝《ね》床《どこ》にもぐり込むのでした。

この様子を見ていたヤドカリ署長は、浜に上がった浦島に何が起きたのか知る必要がありました。そこで、寝入《ねい》った浦島のデコに乗り、過日の記憶の中に入って行きました。

その記憶では、老人になった浦島は、鶴の羽の魔法で鶴に変化《へんげ》し、びっくりして高く飛び上がりましたが、そのとき浦島は、いたって冷静に地上を見ていました。ともあれ浦島の心配事は「鶴の寿命はどれほどか」、「オレは田んぼのドジョウやタニシ、カエルといった生き物を捕《と》らえて喰《く》わねばならぬのか」でした。浦島は、ただちに砂に埋もれた玉手箱を確保《かくほ》し、松林《まつばやし》の中に入って、僧侶《そうりょ》の「印《いん》を結《むす》ぶ」とか「呪文《じゅもん》を唱《とな》える」とか、トにもカクにも「もとの姿を返してほしい」と玉手箱を相手に素人祈祷《しろうときとう》をつくし、「もどれ、もどれ」とひたすら喚《わめ》き続けました。

浦島は必死でした。三日三晩祈《いの》った結果、四日目の朝、鶴の羽、足がヒトに戻り、嘴《くちばし》で玉手箱を突《つ》き続けた五日目には、鶴の顔がもとの顔かたちになりました。浦島が胸を撫《な》でおろしたのは言うまでもありませんが、ヤドカリ署長は、意外《いがい》すぎて腰が抜けそうでした。

「……玉手箱の神秘《しんぴ》の力が、浦島ごときのにわか呪《まじな》いで、すべてが元にもどってしまうとは。蛸史郎《たこしろう》教授のケムリの威力も不完全なものだな」

ヤドカリ署長はそういうと、解決すべき二つの問題に突《つ》き当《あ》たりました。一つは「浦島の処《しょ》遇《ぐう》」[16]です。もう一つは「八百歳を超えた箱屋蛸史郎の隠居勧告《いんきょかんこく》」[17]です。

（三）

どちらの問題も、ヤドカリ署長には思い煩《わずら》うほどのものではありませんが、龍宮の評判と威《い》信《しん》にかかわることなので、まず、浦島には嫁《よめ》をとらせることにして、部下のヤドカリ乙女《おとめ》を若い女の姿に変え、竈《かまど》の前に立たせました。

「太郎さま、太郎さま、朝ですよ。[18]朝餉《あさげ》の支度《したく》ができたゆえ、温《ぬく》いうちに召し上がってくださいな」

寝床の中でその声を聞いた浦島は、跳ね起きて女の顔を見ました。

「誰ぢゃ。そなたは誰ぢゃ」

「何を言っておいでです。朝餉をとって、いつものように漁《りょう》に出るのでしょ。わたしは今から街に出て、昨日《きのう》お前《まえ》さまが取《と》ってきたアワビにサザエ、一尺《いっしゃく》もある見事《みごと》な伊勢海老《いせえび》を[19]旅籠屋《はたごや》に卸《おろ》してきますよ。帰りに酒屋《さかや》に立ち寄ってお酒を買い求めてきますから、今夜も二人《ふたり》して[20]晩《ばん》酌《しゃく》いたしましょ」

「……おいおい、ちと待て。お前の名は何と言う」

「いやですよ、この人は。カリメ、カリメぢゃありませんか」

「カリメ。変な名だな……で、お前はオレの嫁《よめ》なのか」

「あなたは頭がおかしくなったのですか。わたしはここに来て十年になりますよ」

「……。そうだ、玉手箱はどこだ」

「竈《かまど》の上の戸棚の内《なか》にありますけれど、薄汚れた白木《しらき》の箱ですよ。売り歩いて得た銭《ぜに》を収めておけ、運気《うんき》が上《あ》がるから、と仰《おっしゃ》ったのはお前さまですよ」

ヤドカリ署長は、このやりとりを涼しい顔をして見ていました。そして「あと三日もすれば龍宮の記憶も消えてなくなる。その後、子ができるかは浦島しだい。人の子が生まれたら二人で育てよ。ヤドカリだったら海に帰せ」とカリメに申し送り、回収《かいしゅう》した玉手箱を携《たずさ》えて龍宮に戻るのでした。

（四）

報告書《ほうこくしょ》を書いていたヤドカリ署長は、蛸史郎《たこしろう》の出来損《できそこ》ないの玉手箱の件も記しておきましたが、彼の八百歳《はっぴゃくさい》の勇退勧告《ゆうたいかんこく》までは言及《げんきゅう》しませんでした。それよりも、最大の問題は、丹後の浦島八十一太郎以前には、方々《ほうぼう》に、実に八十人の浦島がいて、今回のような魔法の弱い玉手箱がいくつ出回ったのか、その欠陥《けっかん》で、何人の浦島が、人生をどう狂わせたのか、いろいろ消息がありそうでしたから、実態を調査せねば[21]沽券《こけん》にかかわると、乙姫さまの許可を得るため、宮《きゅう》殿《でん》に上《あ》がるのでした。

久方《ひさかた》ぶりに[22]拝謁《はいえつ》した乙姫さまは、いったいいくつにおなりになるのか、美しさは依然《いぜん》として変わりがありません。その乙姫さまは、側近たちに人払《ひとばら》いを命じ、覚えもめでたいヤドカリ署長に珍しく小言《こごと》を吐きました。

「……ここのところの龍宮は活気がない。龍王さまがご病気で床《とこ》に臥《ふ》されているのも一因ですが、おまえも承知のように、わたしと龍王さまの間には世継《よつ》ぎがなく、こののちも、高齢の龍王さまゆえ期待も薄い。そんな折、ご本家の大龍宮《だいりゅうぐう》から使者がやって来ていわく、『そのときは廃城か、近所の小龍宮と合併《がっぺい》を』との仰せであった。この難局を乗り切る手立てはないものか」

ヤドカリ署長は、十名を集めて、明日朝には第一次浦島捜索隊《そうさくたい》を率《ひき》い出立《しゅったつ》する予定ですが、署にもどる道すがら、（廃城……、合併……）を繰り返し考えているうちに、自身の失業《しつぎょう》にも直結することに気がつき、強力な策を講じる必要を感じました。そして、ふと（龍王さまの葬儀も近いかもしれぬ……）と思ったとき、よからぬ考えが浮かびました。

「そうか。わたしが王になればよい」

ヤドカリ署長は、八百歳の蛸史郎を訪《たず》ねました。そして、[23]奸智《かんち》をつくしてこういいます。

「近々蛸史郎さまには、ご高齢を理由に『隠居《いんきょ》』が命じられますが、わたしの願いをお訊《き》き下さるなら、乙姫さまには、[24]後進《こうしん》に席を譲るにはまだ早い、と申し上げておきます。また目的が達成されたのちには、科学院《かがくいん》の長官職《ちょうかんしょく》を拝命《はいめい》できるよう計《はか》らいましょう」

ヤドカリ署長が要求したのは、河豚毒《ふぐどく》の顆粒製剤《かりゅうせいざい》と、蛸史郎が得意とする[25]薫煙《くんえん》でした。その薫煙の効能については「床に臥す龍王さまにそっくりの姿に変化《へんげ》するワタシ」でしたが、「多少の若返りを加えてもよろしい」との挨拶《あいさつ》でした。

　蛸史郎は無表情のまま承知しましたが、すぐに意味ありげな笑いを含《ふく》ませて、（これで五人目だ）と心の中でつぶやきました。


　次の日の朝、捜索隊の出発式がありました。蛸史郎は、祝《いわ》いの紅白幕《こうはくまく》の裏で件《くだん》の頼《たの》まれ物をヤドカリ署長に手渡し、こう説明しました。

「この赤い小袋はご希望の顆粒《かりゅう》です。こちらの白木の小箱には薫煙が入っています。ほかに青い小袋を三つ付けておきます。捜索でお疲れになった晩にでもお飲みください。[26]滋養強壮《じようきょうそう》の錠剤《じょうざい》です」

　ヤドカリ署長は満面の笑みで龍宮をあとにし、[27]日向国《ひゅうがのくに》の浜辺へ隊を進めました。その七日後、ヤドカリ署長の[28]訃報《ふほう》がもたらされました。朝餉《あさげ》で食べた豹紋蛸《ひょうもんだこ》に中《あた》ったらしく、顔面蒼白《がんめんそうはく》になって絶命《ぜつめい》したとの報告でしたが、携行していた強壮剤《きょうそうざい》を服《の》んだ直後に身体中《からだじゅう》が黒紫《くろむらさき》になり、喉もとを掻《か》き毟《むし》って斃《たお》れたことは、長く語られることはありませんでした。

　龍王さまの病気もすっかり癒《い》え、東海第二十一龍宮は、きょうも、他《ほか》の龍宮からの要人《ようじん》、訪問団や、出入りの海商人《うみしょうにん》たちで大層賑《たいそうにぎ》わっていました。

【注釈】

1 所感《しょかん》　感想
2 始末書《しまつしょ》　事情を説明して過《あやま》ちをわびる文書
3 慣例《かんれい》　繰《く》り返《かえ》し行《おこな》われてキマリのようになったことがら
4 饗応《きょうおう》　酒、豪華な食事でもてなすこと
5 無心《むしん》　おねだり
6 螺鈿《らでん》　美しい貝のかけらをあしらった装飾品
7 変化《へんげ》　姿、かたちが別のものに変わって現れること。権化《ごんげ》
8 畜生《ちくしょう》　人間以外の動物。「畜生道」の略
9 長逗留《ながとうりゅう》　長期の滞在
10 顰蹙《ひんしゅく》もの　行為《こうい》・行動《こうどう》、言動《げんどう》を不快に思い顔をしかめるのと同等のこと、それ
11 海ぶどう　海藻。クビレヅタの別名
12 年鑑編纂所《ねんかんへんさんじょ》　一年間の統計《とうけい》や事柄《ことがら》の解説《かいせつ》などを収録《しゅうろく》して発行する部署《ぶしょ》
13 自然消滅《しぜんしょうめつ》の呪符《じゅふ》　一定の時が経つとその物体《ぶったい》が消えてなくなる呪文《じゅもん》を書いた札《ふだ》
14 丹後《たんご》　浦島太郎が住んでいたとされる京都北部の旧国名
15 一汁三菜《いちじゅうさんさい》　汁物、ご飯と三種のおかず
16 処遇《しょぐう》　それ相応の取り扱い

17　隠居勧告《いんきょかんこく》　地位《ちい》を退《しりぞ》かせる申《もう》し伝《つた》え
18　朝餉《あさげ》　朝食
19　旅籠屋《はたごや》　宿屋
20　晩酌《ばんしゃく》　家で夕食のとき酒を飲むこと
21　沽券《こけん》にかかわる　評判《ひょうばん》にさしさわりがあること
22　拝謁《はいえつ》　高貴《こうき》の人に面会《めんかい》すること
23　奸智《かんち》　悪知恵《わるぢえ》
24　後進《こうしん》　後輩《こうはい》
25　薫煙《くんえん》　かおりのよい煙
26　滋養強壮《じようきょうそう》　栄養を取り込んで行きわたらせ、元気にする（食べ物、薬）
27　日向国《ひゅうがのくに》　今の宮崎県
28　訃報《ふほう》　死亡の知らせ

十七　戯画夢中《ぎがむちゅう》

おもな登場人物

ネコのミイとタマ
水車《すいしゃ》
田楽一座《でんがくいちざ》のカエルとその弟《おとうと》ガエル
大工のウサ児（ウサギ）
左官《さかん》のイタチほか森の仲間たち
ネズ吉（ネズミ）
獄卒《ごくそつ》
サル坊主《ぼうず》
鳥羽僧正《とばそうじょう》

（一）

ある日、ネコ小町《こまち》[1]のミイが、里《さと》の水車《すいしゃ》のもとへやって来て、こんな話をしました。

「町屋《まちや》[2]へ繕《つくろ》い物《もの》[3]を届けた帰り、大道《おおみち》[4]でカエルの田楽一座《でんがくいちざ》[5]に遇《お》うてな。びんざさら[6]がシャリシャリシャリシャリ、ビュルンビュルンいうてえろう気を引いたもンで、連れのタマと二人して見物《けんぶつ》しとった。すると、一座の背高《せいたか》ガエルがンギャーと叫んで倒れた。腹を見せ、目を剥《む》いてな」

「そりゃ聞き捨てならんの。病《やまい》か、虫《むし》[7]か」

「どちらもちゃう。あンな、ヒュンと音がしてオラの耳元《みみもと》を小石《こいし》が掠《かす》め飛んで、セイタカの蟀《こめ》[8]谷《かみ》に当たった。あのセイタカは前から知っておって、楽《たの》しげな踊りを見せるもンで、贔屓《ひいき》にしておってナ。だからずーっと見ておった」

そこに、「きょうは仕事にならん」と言いながら、道具箱《どうぐばこ》を担《かつ》いだ大工のウサ児《じ》が現れました。何でも、町屋普請《ぶしん》[9]の足場《あしば》に上《あ》がって、二階の窓まわりに釘を打ち付けていたところ、左官《さかん》のイタチが塗った漆喰《しっくい》に、四方八方《しほうはっぽう》、空からもビュンビュン小石《こいし》が飛んできて食い込む、疵《きず》をつける、イタチの頭、背、尻に当たる、足場に当たる、跳ね返った小石が家ン中に飛んで行く……、と早口《はやくち》で喋《しゃべ》って、「足場の上から見ていても、誰が小石を投げるンか判《わか》らん。判らんが、誰かを狙って投げていることは確かだ。イタチが壁塗りをあきらめて帰ったんで、ワシも仕事をしまいにした」

またそこに当のイタチ、カワウソにイノシシもやって来て同じように苦情《くじょう》をいいます。すると水車は、「きょうは[10]端午《たんご》の節句《せっく》ぢゃ。石合戦《いしがっせん》の日ぢゃぞ。ほんものの合戦《かっせん》を摸《も》して、川原《かわら》で小石を投げ合うのはきょうばかりは[11]無礼講《ぶれいこう》。街の童《わらべ》もお屋敷の子らも夢中《むちゅう》になる。親は、近所の神社《じんじゃ》へ参じて勇猛果敢《ゆうもうかかん》に育つよう祈願《きがん》する、そんな日ぢゃ」

また一人《ひとり》やって来ました。外で水車の話を聞いていた、倒れたセイタカの弟《おとうと》ガエルです。弟ガエルは涙ぐんで、

「水車どん。節句《せっく》の行事《ぎょうじ》は街の者《もん》はみな知っちょる。だが、子らの行事《ぎょうじ》だったんは数年前まで……。昨今《さっこん》は若い者《もん》に大人《おとな》も交じって、川原、大道《おおみち》、街の辻裏《つじうら》でも、処《ところ》かまわず相手かまわず小石を投げる。いや、小石どころか、ちぃとおっきい石に紐《ひも》をかけてグルングルン回《まわ》しながら投げ放《はな》つ者《もん》もおるで、飛ぶわ飛ぶわ大道《おおみち》の向こうまで飛んで、通行人に当たるのは当たり前。めし屋の縄暖簾《なわのれん》をかわし、うどん喰いの丼《どん》ぶりに命中《めいちゅう》して、飛び散る汁で火傷《やけど》したんはそこにおるイノシシどんぢゃ」といったところで、[12]根《ね》の国道《くにみち》に住むネズ吉が飛び込んできて「セイタカが亡くなった。びんざさら使いの大した舞手《まいて》だったのに、残念なこった。[13]亡骸《なきがら》は川原に運ば

れた。今年の石合戦はいよいよ変《へん》ぢゃ。賀茂の川原は屍《しかばね》の山。夕刻にはさらに増えるだろ」といいました。

水車《すいしゃ》小屋に居合わせた動物たちは顔を見合って「あな恐ろしや。物騒《ぶっそう》を通り越して殺し合いだ」「邪気払《じゃきはら》いの行事《ぎょうじ》が憂《う》さ晴《は》らしの合戦《かっせん》になってしモた」「きょうは街に戻らンで、里におった方がエエな」と口々《くちぐち》にいいました。毎年過激《かげき》になる石合戦《いしがっせん》には、皆《みな》やり場のない怒《いか》りと恐怖《きょうふ》でことばを失い、気が昂《たか》ぶって眠れない夜になりました。

（二）

ふたたび市中《しちゅう》に戻ったネズ吉《きち》が、夜中に帰ってきて、屍《しかばね》置き場となった川原の惨状《さんじょう》を水車にこう伝えました。

「いや、驚いた。賀茂《かも》から三条川原《さんじょうがわら》、五条《ごじょう》の橋《はし》あたりまで、方々《ほうぼう》に積み上げられた屍《しかばね》は百や二百ではすまんぞ。鳥どもが突《つつ》いて始末《しまつ》をつけるまでひと月はかかろうが、この先、臭うぞ、腐肉《ふにく》と鳥の糞《くそ》と。しばらくは街には入れん……、と思うて見聞《みきき》しておると、屍《かばね》を運ぶ荷車《にぐるま》の隊《たい》列《れつ》に遇《お》うての。真っ暗闇《くらやみ》の川原《かわら》だから顔などわからん。何やらイヤーな予感がしたもんで、奴《やつ》らの後《あと》を付けて行った。下賀茂《しもがも》のお社《やしろ》を通り過ぎての、掘《ほり》の小径《こみち》づたいに宝ヶ池《たからがいけ》まで来たんだが、最後はその先の深泥池《みぞろがいけ》。池の北にケシ山という小山《こやま》があって、その藪《やぶ》に入った」

「それで、どうなった」

「ワシゃもう一度驚いた。たまたま月の出があって、奴らの顔を照らし出した」

「誰だった」

「水車どんなら分かるぢゃろ、[14]獄卒《ごくそつ》だ」

「ああ知っちょる。知っちょるが、するとナニか。ケシ山の藪ン中に、地獄《じごく》に通じる道があるということか」

「そうぢゃ。初耳《はつみみ》ぢゃろ。最近できたらしい」

「さらに付いて行ったんか」

「ああ行った。またまた驚いた。だらだら下り坂を半時《はんとき》ほど行ったところに辻《つじ》があっての、[15]標《しるべ》石《いし》が立っておった。『まっつぐ地獄《じごく》　右黄泉国《よみのくに》　左みやこ』と彫られてあった。つまり、辻で交差した東西の道は、オラが村に通じる根《ね》の国道《くにのみち》だった」

「獄卒《ごくそつ》どもはどうなった。昼間の石合戦で仕留《しと》めた獲物を地獄にもって行ったか」

「いや、行かん。辻の森に新しい館があっての。ここ数年の普請《ふしん》のようだった。荷車は、門《もん》をくぐった先の庭に留《と》め置《お》かれた」

（三）

こちらは辻の館《やかた》です。庭の獄卒《ごくそつ》どもはおもに牛頭《ごず》、馬頭《めず》ですが、ほかに鹿頭《かず》、虎頭《こず》、獅子《しし》頭《がしら》に猪《いのしし》頭《あたま》もいて、その数《かず》一千《いっせん》。庭の者らは、お庭番《にわばん》の大牛頭《おおごず》の指示に従って屍《しかばね》の荷を解き、仕分《しわ》けをしながら大きな皿に盛り付けています。

「カエルの皿が満杯だ。おい、そこの猪頭《いのししあたま》、奥へ運んで行け。そしてお前らも相伴《しょうばん》に与《あずか》れ」

と大牛頭《おおごず》が命じると皿が運ばれて行き、次にウサギの皿、また次にイタチの皿、タヌキの皿と、盛り付けがすんだ皿から、奥の宴席《えんせき》へと運ばれました。

　これを屋根裏《やねうら》から見ていたのが、ネズ吉です。身の丈よりも大きな皿を囲んで獲物を掴《つか》み、ふた口で喰らう獄卒《ごくそつ》らの食べっぷりに、ネズ吉は卒倒《そっとう》しそうでしたが、なぜネズミの皿がないのか、理由は判《わか》りません。判りませんがネズ吉は、一族が喰われていないことに胸《むね》を撫《な》でおろし、すぐさま皆のもとへ走って、館《やかた》での見分をこう話しました。

「獄卒は、どうやら年に五回の節句《せっく》が休日らしい。その日ばかりは、どこで何をしていてもよく、地上へ出てもお咎《とが》めはない。すると焼炙地獄《しょうしゃじごく》で働くある馬頭《めず》が、『一度は賀茂の川原へ涼《すず》みに出たい』と洩らしたのがきっかけで、数年前からチョロチョロと、小人数《こにんずう》で出て来ていた。その日はたまたま石合戦の日で、騒ぎに乗じて狩りをした、という。辻《つじ》の館《やかた》とケシ山への道は、正月七日と桃《もも》の節句《せっく》に、獄卒《ごくそつ》らが大勢出て掘り抜いたそうだ」

「ほう、よう探《さぐ》ったの。なるほど昨今《さっこん》の異様な石合戦、皆も内情《ないじょう》が解ったであろう」

　水車はそういって、ネズ吉の物見高い気質《きしつ》と勇気を褒《ほ》めました。が、すでに喰われたであろうセイタカの弟ガエルが[16]間髪入《かんはつい》れず、「兄者《あにじゃ》の[17]弔 合戦《とむらいがっせん》だ。獄卒館《ごくそつやかた》を打ち壊し、ケシ山への道も埋めてしまおう。これを放置《ほうち》したら、皆喰われてしまうぞ。どうかな、水車どん。策《さく》はあるか」

（四）

知恵者《ちえしゃ》の水車にも難題《なんだい》でした。そして、こう口をひらきました。

「……獄卒《ごくそつ》が、何らかの理由で地獄《じごく》を追い出され、しぶとく生きて地上に出《い》で、人も森の者も手当たり次第に喰《く》うてしまう悪党どもを鬼《おに》というが、連中に効くのが魔滅《まめ》（豆《まめ》）ぢゃ。『鬼はそと』とことばを吐いて魔滅《まめ》を打てば、魔滅《まめ》[18]はコトダマを得て力を増し、鬼に当たればパチンと弾《はじ》け、鬼は砕《くだ》け散《ち》る。が、相手は獄卒。鬼ではない。柊鰯《ひいらぎいわし》[19]も魔滅《まめ》も効くかはわからんし、こんな時は毘沙門天《びしゃもんてん》さまに相談なのだが……」

明け方の空に稲妻《いなずま》が走りました。水車はニンマリしました。

「ワシの名をよう口にしたの」

毘沙門天さまが姿を見せました。早速《さっそく》、この天部《てんぶ》の守護神《しゅごしん》は、知るところの獄卒対策《ごくそつたいさく》をこう伝えます。

「退治するのであれば役者は決まっておる。一に天刑星《てんけいせい》さま、二に乾闥婆《けんだつば》、三に神虫《しんちゅう》、四に鍾馗《しょうき》さま、五にこのワシだ。しかしの、相手は獄卒《ごくそつ》だ。駆除《くじょ》にワシら辟邪神《へきじゃしん》[20]を頼んでも、皆こころよく引き受けてくれるかわからん。理由はな、始末書《しまつしょ》を書かねばならん、ということだ。それを上役《うわやく》に提出しに行ったあと、地獄《じごく》の閻王《えんおう》に面会《めんかい》し、一千《いっせん》もの獄卒《ごくそつ》を討《う》った訳《わけ》を説明《せつめい》せにゃならん。オヌシら世界の事《こと》ゆえ、何とか仲間うちで解決できんか」

水車は、飛雲《ひうん》に飛び乗る毘沙門天《びしゃもんてん》さまに「承知《しょうち》」といって見送りました。そのとき、水車は閃《ひらめ》きました。

「そうじゃ。猿蟹合戦《さるかにがっせん》の折《おり》[21]奸悪《かんあく》のサル。[22]改心《かいしん》して寺《てら》に入ったらしいが、昨今《さっこん》、ある絵師《えし》の鳥《ちょう》獣戯画《じゅうぎが》に[23]坊《ぼう》さん姿《すがた》で描かれるほどの[24]声明上手《しょうみょうじょうず》と聞く」

すぐさま、ネズ吉がサル坊主《ぼうず》を連れて来ました。よそ行《い》きの[25]法衣《ころも》を着ていましたが、頭はまるめていませんでした。水車がいいました。

「いや立派になったの。どこぞに寺でも構えておるのか」

「はい、鳥羽離宮《とばりきゅう》の証金剛院《しょうこんごういん》におります」

「ほう、[26]招聘《しょうへい》されて大出世《だいしゅっせ》ということか。まあよい。さっそくだが、ネズ吉が道々《みちみち》申した通り、森の者らは激憤《げきふん》しておる。獄卒退治《ごくそつたいじ》の策《さく》はあるか」

「非力《ひりき》ながら『焼八千枚供《しょうはっせんまいく》』という[27]護摩《ごま》がよろしいと存じます」

「殺《や》られたセイタカの弟ガエルは、地獄道《じごくみち》で弔《とむら》い合戦《がっせん》をすると申しておる」

「いえ、なりませぬ。怒《いか》りの連鎖《れんさ》により、大きな合戦《かっせん》になってしまいます」

「もっともだ。しかしの、館《やかた》を壊《こわ》し、跡地《あとち》で護摩《ごま》をするにしても、何故この世から悪《あく》や邪《じゃ》はなくならんのだ。今《いま》し方《がた》も毘沙門天《びしゃもんてん》さまがお出ましになったが、世の善《ぜん》を護《まも》る先頭《せんとう》のお方《かた》であろう。つねに邪悪《じゃあく》と闘《たたか》っておる。闘っても闘っても悪《あく》はなくならん」

「……水車さま。いえ、[28]鳥羽僧正《とばそうじょう》さま。その問いに答えはありません」

（五）

サル坊主が「答えはない」と言ったところで夢見《ゆめみ》が途切《とぎ》れ、目が覚《さ》めました。今《いま》し方《がた》まで水車だった鳥羽僧正《とばそうじょう》は、鳥獣戯画《ちょうじゅうぎが》甲巻第《こうかんだい》十五紙《し》にネコ小町《こまち》を描《か》いたところで[29]睡魔《すいま》に襲《おそ》われ、半時《はんとき》ばかり絵机《えづくえ》の上で居眠《いねむ》りをしたようでした。腕枕《うでまくら》に血の気がなくなってしばらく摩《さす》っていましたが、墨《すみ》を磨《す》り直《なお》し、サル坊主が座《ざ》して拝《おが》む先のホトケに、[30]阿弥陀《あみだ》さまに似せた大ガエルを描き、第二十一紙の試《ため》し書きを終えました。

僧正《そうじょう》はふたたびおのれに問いかけます。

「弟ガエルは気の毒だが、殺《や》られた兄の仇討《あだう》ちは善《ぜん》か悪《あく》か、のうサル坊主どの。小戦《こいくさ》も大戦《おおいくさ》も、大将《たいしょう》はそれぞれに[31]正義《せいぎ》をさけぶが、屍《しかばね》が積み上がるほどの戦《いくさ》の正義《せいぎ》とは何かな」

僧正《そうじょう》は、[32]夕餉《ゆうげ》をとるのに画室《アトリエ》を出ました。

【注釈】

1　小町《こまち》　うわさの美しい娘
2　町屋《まちや》　商家
3　繕《つくろ》い物《もの》　破《やぶ》れなどを直した衣服
4　大道《おおみち》　広い道。大通り
5　田楽一座《でんがくいちざ》　農耕芸能。田植えのときに田の神に対し歌って踊る。その興行者の団体
6　びんざさら　打楽器。数十枚の短冊形の薄い板をひもで連ね、両端をもって振り合わせて音を出す
7　虫《むし》　人の身体《からだ》の中にいて、気持ちをあらわすと考えられていたもの
8　蟀谷《こめかみ》　耳の上、目のわきの部位《ぶい》
9　普請《ふしん》　建築工事
10　端午《たんご》の節句《せっく》　五月五日の節句。軒《のき》に菖蒲《しょうぶ》や蓬《よもぎ》を挿し、粽《ちまき》、柏餅《かしわもち》を食べて邪気《じゃき》を払う行事
11　無礼講《ぶれいこう》　地位や身分を度外視《どがいし》して交流《こうりゅう》すること
12　根《ね》の国道《くにみち》　地底《ちてい》深くにある現世《げんせ》とは別の国。その国への道。※ネズミ＝根《ね》の国に棲《す》む者ら
13　亡骸《なきがら》　しかばね

14　獄卒《ごくそつ》
閻王《えんおう》（閻魔王）をトップとする地獄《じごく》で働く下級の役人

15　標石《しるべいし》
道案内《みちあんない》の石碑《せきひ》、目印の石

16　間髪《かんはつ》入《い》れず
すぐさま

17　弔《とむら》い合戦《がっせん》
死者の霊《れい》をなぐさめるための戦《たたか》い

18　コトダマ
言霊《ことだま》。ことばにやどる霊力《れいりょく》

19　柊鰯《ひいらぎいわし》
ひいらぎに焼いたいわしの頭を括《くく》り付《つ》け、門口《かどぐち》に挿《さ》し、節《せつ》分《ぶん》の魔除《まよ》けとする（風習《ふうしゅう》）

20　辟邪神《へきじゃしん》
辟邪絵《へきじゃえ》に描かれる悪鬼《あっき》を懲《こ》らしめる善神《ぜんしん》。天刑星《てんけいせい》、乾闥婆《かんだつば》、神虫《しんちゅう》、鍾馗《しょうき》、毘沙門天《びしゃもんてん》の五神がとくに強い力を発揮する
天刑星《てんけいせい》……天にあって刑罰《けいばつ》を与える星。陰陽道《おんみょうどう》の鬼神
乾闥婆《かんだつば》……インド神話の女神《にょしん》
神虫《しんちゅう》……災厄《さいやく》・疫病《えきびょう》を退散《たいさん》させる想像上《そうぞうじょう》の大きな甲虫《こうちゅう》
鍾馗《しょうき》……中国・道教《どうきょう》の神。図像は魔よけの効験《こうけん》があるとされる
毘沙門天《びしゃもんてん》…天部《てんぶ》の仏神《ぶっしん》で武神《ぶしん》。現世利益《げんせりえき》を授《さず》ける

21　奸悪《かんあく》
心がねじ曲《ま》がっている悪者《わるもの》

22　改心《かいしん》
悪いこころを改《あらた》めること

23　坊《ぼう》さん
お坊《ぼう》さん。寺坊《じぼう》の主《あるじ》である僧《そう》、僧侶《そうりょ》。坊主。住職《じゅうしょく》

24　声明上手《しょうみょうじょうず》
お経《きょう》を声高《こえだか》く歌《うた》ったり読み上げたりする声楽《せいがく》

その朗唱《ろうしょう》がうまい僧侶《そうりょ》

25　法衣《ころも》　僧侶《そうりょ》が着る衣服《いふく》

26　招聘《しょうへい》　丁寧《ていねい》な対応《たいおう》で招《まね》くこと

27　護摩《ごま》　仏教《ぶっきょう》（密教《みっきょう》）で火を用いる儀式《ぎしき》。厄《やく》や災《わざわ》いを払《はら》う

28　鳥羽僧正《とばそうじょう》　平安時代後期《へいあんじだいこうき》の高名《こうみょう》なお坊《ぼう》さん。絵《え》が上手《じょうず》

29　睡魔《すいま》　引きずり込まれるような眠気を魔物にたとえていう

30　阿弥陀《あみだ》さま　阿弥陀如来《あみだにょらい》。極楽浄土《ごくらくじょうど》にいて民衆を救うとされるほとけ

31　正義《せいぎ》　正しい行《おこな》い

32　夕餉《ゆうげ》　夕食

十八　天蚕糸《てぐす》

おもな登場人物

葬頭《そうず》河婆《かのばあ》
懸《けん》衣《い》翁《おう》
亡者《もうじゃ》
小鬼《こおに》ども
寺の住職《じゅうしょく》
極楽《ごくらく》の蓮池《はすいけ》のふちに立つご仁《じん》

（二）

「また垂れてきおった……」と呟《つぶや》いたのは1葬頭河婆《そうずかのばあ》です。

「あの銀糸《ぎんし》の先に誰かおるのか」と訊《き》いたのは2懸衣翁《けんいおう》です。

「極楽《ごくらく》の蓮池《はすいけ》のふちに立つ者がおってな、そやつが蜘蛛《くも》に命じて垂らしておる。誰が掴《つか》むか試しておる」

「掴むとどうなる」

「プツっと切れる。そして嗤《わら》い声が聞こえてくる。大方《おおかた》そんなところぢゃ」

「蓮池の気高《けだか》いお方《かた》が、そんなおふざけをするものか」

「ンなら、ヤツのお付きの者かも知れん。まあ、誰でもいい。毎朝毎朝鬱陶《うっとう》しくてたまらん」

そこへ亡者《もうじゃ》がやって来ました。婆《ばあ》は、「偸《ぬす》みをしたンか」と訊《き》きました。亡者はコクンと頷《うなず》きました。「ならば致《いた》し方《かた》ない。罰《ばつ》ぢゃ」といって亡者の指を折りにかかります。指は、婆の瞬《まばた》き一つで一本折れますから、十《とお》瞬いて、指を全部折りました。そして婆は亡者の着物《きもの》を剝《は》ぎ取り、懸衣翁《けんいおう》に手渡します。懸衣翁は着物を楊《やなぎ》の枝に引っかけ、その撓《しな》り具合を見ました。僅《わず》かばかり撓《しな》ったので、「人を殺《あや》めたか」と訊《き》くと、亡者は押し黙ったまま、赤黒く澱《よど》んだ天空を仰《あお》ぎ見ました。そこで婆はこう講釈《こうしゃく》します。

「これより、お前は冥府《めいふ》[3]に入《はい》る。五七日目《ごなのかめ》[4]に閻王《えんおう》[5]に遇《お》うて、六道《ろくどう》[6]のうち三つの世界《せかい》の何《いづ》れかに落とされる。畜生《ちくしょう》の世界か、餓鬼《がき》のそれか、もっとも恐ろしい地獄《じごく》か。罪の一つ一つを白状するかせぬかはお前の勝手ぢゃが、閻王は罪のすべてを見るのに浄玻璃鏡《じょうはりのかがみ》[7]を翳《かざ》す。そうさな、お前は……畜生の世界から始まりそうぢゃ。道中、修羅《しゅら》から、ふたたび人間界《にんげんかい》へも行く。四《し》十九日《じゅうくにち》のうちに天上界《てんじょうかい》へも行く。そうぢゃ、亡者はこの巡《めぐ》りを二百回くり返す。一つ世界に何年とどまるかは知らぬ。二百回目が何年先かも判《わか》らぬ。いっておくが、天上界は極楽ではないぞ。極楽へ行きたければ、何処《いずこ》にあっても善《ぜん》[8]を積《つ》むことぢゃ。それぞれの世界にお地蔵《じぞう》がおってな、いつもお前を見ておる」

婆は、亡者の最期《さいご》が遍路道《へんろみち》[9]での野垂《のた》れ死《じ》に[10]だったことに気がつき、「渡《わた》し賃《ちん》はいらぬ」といって亡者を舟《ふね》に乗せ、艫《とも》をグンと押しました。それまで、婆の頭のすぐ上に垂れていた銀糸は、するすると舞い上がって見えなくなりました。

（二）

また亡者が来ました。大勢です。関ヶ原でイクサがあったようです。モノノフ[11]たちはみな立《た》ち居《い》振《ふ》る舞《ま》い[12]がよく、婆の顔を見ると懐《ふところ》から六文銭《ろくもんせん》を出して、川原にお立ちになる六地蔵《ろくじぞう》の賽《さい》銭箱《せんばこ》に一文ずつ納《おさ》めます。そして、みずから着物を脱ぎ、懸衣翁《けんいおう》に手渡しました。懸衣翁は着物を柳の枝に引っ掛けることなく、川に突き出た洗い場にもって行き、ザブンと水に浸けました。その間《かん》にも、先に来た亡者らは次々に舟に乗って川岸を離れました。

「忙《いそが》しくなるの」

「ほンに。何千人にもなろう……」

二人は、川原《かわら》の洗濯場にうず高く積まれた衣《ころも》に灰《はい》を振って、踏《ふ》んで揉《も》んで踏《ふ》んで、また踏んで揉んで洗濯《せんたく》を始めました。そこに、どこからともなく赤や青や緑や黒の小鬼《こおに》がやって来て、ああでもないこうでもないと甲高《かんだか》い声を上げながら洗濯を手伝います。小鬼の小言《こごと》は、「血の赤は踏んでも落ちん」との文句《もんく》でした。懸衣翁は、きれいに洗い上がった着物を選んで束《たば》ね、洗濯場《せんたくば》の上手《かみて》の物干《ものほ》し場《ば》にもって行き、木々に縄を渡して干《ほ》しました。この作業も、また別の小鬼たちが大勢やってきて手伝います。すると親方らしい新顔《しんがお》の赤鬼が訊《き》きました。

「乾いたあとは折《お》りたたんで、あの倉《くら》に収《おさ》めるのだな。それにしてもこの着物、そのあとはどうなる」

「おや、初めて見る小鬼だな。名は何と言う」

「ワシか。ああ、ワシは閻王《えんおう》さま配下の獄卒《ごくそつ》、羅迅《らじん》だ」

「それなら話は早い。モノノフたちの多くは、もとは百姓《ひゃくしょう》の足軽《あしがる》[13]だ。イクサ場で敵を何人殺《あや》めたとて、それが罪《つみ》かは問えぬ。そうした亡者の多くは、閻王さまの裁《さば》きのあとはお前たちのような小間使《こまづか》い[14]になるが、ここに戻って来る者もおる」

「戻った者はどうなる」

「お地蔵さまの仕立《した》てた舟に乗って人間界に還《かえ》る。そのとき、着物がいるであろう……」

「オレもかつては足軽で、イクサ場で大暴《おおあば》れしたのかの」

「それは知らぬ」

「何の記憶《きおく》もない」

「当たり前だ。川を渡ると、記憶の[15]海馬《かいば》がベリッと剥《は》がれるでな」

洗濯ものを踏んづけていた婆は、このやりとりを聞いていました。婆は、おのれこそ川を渡っていないのを思い起こし、「だからときどき変な夢を見るンか」とポツリと洩《も》らしました。

（三）

婆《ばあ》は、もとは伊予《いよ》の百姓《ひゃくしょう》の娘で、律《りつ》といいました。十人も兄妹《あにいもうと》がいたので、九歳のとき
「[16]お遍路《へんろ》に行っておいで」と[17]干飯《ほしいい》と味噌玉《みそたま》と僅《わず》かばかりの[18]賽銭《さいせん》を持たされて家を出されました。
それは親の[19]謀《たばか》りで、[20]口減《くちべ》らしであることは分かっていました。律は二《に》、三日《さんにち》歩き、十《とお》の寺を巡《めぐ》ったあと、泰山寺《たいざんじ》の門前《もんぜん》で腹が減って身動きできなくなりました。そうした子どもが年《ねん》に何人も来ることは[21]住職《じゅうしょく》も承知《しょうち》していましたから、律を[22]通夜堂《つやどう》に案内して、風呂に入れたあと着物を与え、食事をさせました。
「家にもどっても碌《ろく》なことがないのなら、この先は寺働《てらばたら》きだ。薪割《まきわ》り、水汲《みずく》み、風呂焚《ふろた》きから

始めなさい」

それから五年経ち、律はすっかり大人の娘に育ちました。[23]尼僧《にそう》になるつもりはありませんが、[24]小坊主《こぼうず》たちを集めての住職の説教《せっきょう》では、冥府《めいふ》の[25]十王《じゅうおう》の話が好きでした。

律は、その十王をたすける役人のうち、なぜか葬頭河婆《そうずかのばあ》に惹《ひ》かれました。境内《けいたい》にある十王堂《じゅうおうどう》の葬頭河婆はとうに[26]還暦《かんれき》を過ぎた醜《みにく》い容姿《ようし》で、胸がはだけ、眼をギョロと剥《む》いて大口をあけ、立派な歯並びの歯で[27]悪童《あくどう》を喰《く》ってしまいそうな荒々《あらあら》しい顔つきでした。が、それでも、どことなく自分の母親に似ていたので、花を供《そな》えるにも、葬頭河婆だけは花一輪を多く挿して手を合わせ、「今はどうしておいでか」と、ときどき母親を懐《なつ》かしみます。でも、やはり、あの謀《たばか》りは何年経っても承知《しょうち》できず、帰りたいという気にはなれないのでした。

そんなある日、律は、十王堂の婆《ばあ》の大口から見えているきれいな歯が木肌《きはだ》の脂《あぶら》でくすみ、茶色に変色してきたのに気がつきます。薄汚れて見えるので、何か手立てはないものかと、顔に塗《ぬ》る白粉《おしろい》を持ってきて薄く塗ってやりました。すると、婆は幾分若返ったように見えましたから、また次の日も白粉を少し塗り、また次の日も少し塗り、そうこうしている内に参拝の者が唇《くちびる》に紅《べに》をさし、また誰ぞが顔や開《はだ》けた胸に白粉を塗ったことでさらに若返って、「泰山寺の葬頭河婆の歯に触れば歯痛《しつう》がやわらぐ。抜歯《ばっし》も痛みなくできる」、「白粉《おしろい》を顔や胸元《むなもと》に塗ってやるとおのれも若返《わかがえ》る」といった評判が立って、いつの間にか十王堂は、美容美顔《びようびがん》を望む願掛《がんか》けの婦女《ふじょ》で賑《にぎ》わうのでした。これには閻王《えんおう》も住職《じゅうしょく》も苦笑《にがわら》いするしかありません。

（四）

ところで、冥府《めいふ》の閻王《えんおう》は、八百歳の寿命《じゅみょう》を迎える葬頭河婆《そうずかのばあ》の、次の婆《ばあ》を探していました。閻王は、九歳のとき泰山寺《たいざんじ》にやって来た律をずっと見てきましたが、「歯白粉《はおしろい》」の思いやりが気に入って、その時期を窺《うかが》っていました。そして、水汲《みずく》みにきた律が井戸の鶴瓶《つるべ》に手をかけたところでグイと引っ張り、律を井戸の底に落としました。井戸の底は冥府《めいふ》の天井《てんじょう》で、赤黒い天空が広がっていました。そして、律が落ちた先は、葬頭河《そうずか》のほとりでした。そこには六人のお地蔵と、懸衣《けんい》の青年がいて、みな口々に「よう来なさった、よう来なさった」と律を歓迎《かんげい》しました。

律は懸衣《けんい》の青年に、住まいの館《やかた》に案内されました。館は新築《しんちく》で、ヒノキの香りが漂っていました。律の部屋には姿見《すがたみ》[28]と、紅《べに》や白粉《おしろい》がたんと用意され、律の身の回りの世話をする童女《どうじょ》も何人かいました。律は、「ああ、これも定《さだ》めか……」と呟《つぶや》いて、わが身に起こった転変《てんぺん》に思いを巡《めぐ》らせました。

律は、しばらくの間《あいだ》「葬頭河の律どの」、「葬頭河の律さま」と呼ばれていましたが、六百歳を越えた頃から婆《ばあ》と呼ばれるようになりました。罪ある亡者の指を折る仕事は、何年経《た》っても嫌《いや》なもので、指を折るたびに「ここから離れたい」と思うのでしたが、ちょうど八百歳になったとき、あるお地蔵《じぞう》から「次のお役目《やくめ》が決まったようだ」と告《つ》げられました。

そのとき、天空から見覚《みおぼ》えのある銀糸《ぎんし》が下りてきました。婆は、今度ばかりは「また垂れてきた」とは思いません。その糸は、蜘蛛の糸よりは多少太く、緑《みどり》がかっていたので、蚕《かいこ》がつくる強靭《きょうじん》な天蚕糸《てぐす》であることがわかりました。

婆が糸を腕に巻き付けると、糸はゆるりゆるりと引き上がります。婆をぶら下げた天蚕糸が人間界《にんげんかい》を抜けたとき、婆は十四《じゅうし》の律《りつ》になりました。十四の律は、その先の天上界《てんじょうかい》に入ったとき、九歳の律になりました。さらに上昇《じょうしょう》して半時《はんとき》ほど風に吹かれていると、天蚕糸の先の天空《てんくう》に蓮池《はすいけ》が見え、なぜかよく知ったご仁《じん》[29]がお待ちになっていました。

「あなたがお釈迦《しゃか》さまですか」

ご仁はニコとほほ笑んでいいました。

「きょうよりそなたは、わたしどもの衣《ころも》を織る機織《はたお》り女《め》となります。ときおり蓮池のふちに立って、人間界などを見てみなされ。そなたの母や兄妹《あにいもうと》が飢えや病気で苦しんでいるようなら、極楽《ごくらく》の天蚕糸をくり延《の》べて差し上げなされ。糸の先から霊水《れいすい》[30]が滴《したた》って、窮《きゅう》する者に楽《らく》を与えましょう」

律は心からお礼を申し述べ、金色《こんじき》の機《はた》を動かし始めました。

【注釈】

1　葬頭河婆《そうずかのばあ》　地獄《じごく》で、閻魔《えんま》王など十人の判官《はんがん》を支える仕事をするお婆《ばあ》さん。亡者《もうじゃ》の衣をはぎ取る役《やく》まわり

2　懸衣翁《けんいおう》　葬頭河婆《そうずかのばあ》といっしょに仕事をする仲間

3　冥府《めいふ》　あの世、死後の世界、閻魔《えんま》の庁《ちょう》

4　五七日目《ごなのかめ》　亡くなったのち五週目。五週×七日＝三十五日目

5　閻王《えんおう》　冥府《めいふ》の主《あるじ》。亡者の生前の罪をさばく。閻魔王《えんまおう》

6　六道《ろくどう》　死後、人が転生《てんしょう》する六つの世界＝六界
天上界―人間界―修羅―畜生―餓鬼―地獄―

7　浄玻璃鏡《じょうはりのかがみ》　閻王《えんおう》が亡者の善悪《ぜんあく》を見るのに用いる魔法の鏡。亡者に見せ、反省をうながす

8　善《ぜん》　誰もが認める正しい行為《こうい》。反対概念《はんたいがいねん》が悪《あく》、煩悩《ぼんのう》

9　遍路道《へんろみち》　四国霊場《れいじょう》をつなぐ巡礼《じゅんれい》の道

10　野垂れ死に　看護も援助もなく、道に倒れたまま死ぬこと

11　モノノフ　武士《ぶし》と書いてもののふ（物部）・モノノフと読ませる。ふるい言い方

12　立《た》ち居《い》振《ふ》る舞《ま》い　立ったり座ったりのしぐさ、動作

13　足軽《あしがる》　足が軽く、よく走る兵。最下級の歩兵

14　小間使《こまづか》い　雑用《ざつよう》の下役《したやく》

15 海馬《かいば》　脳の中の記憶器官
16 遍路《へんろ》　四国霊場《しこくれいじょう》八十八ヶ所を巡礼《じゅんれい》する旅
17 干飯《ほしいい》と味噌玉《みそだま》　昔の携行保存食。乾燥米飯《かんそうべいはん》と丸めた味噌
18 賽銭《さいせん》　社寺《しゃじ》に奉納《ほうのう》する金銭《きんせん》
19 謀《たばか》り　だますこと
20 口減《くちべ》らし　養うべき家族の人数を減らすのに、子どもを奉公《ほうこう》に出すこと
21 住職《じゅうしょく》　寺の長《おさ》の僧侶《そうりょ》・お坊さん
22 通夜堂《つやどう》　遠方からの巡礼者を泊める粗末な建物。無料
23 尼僧《にそう》　女の僧侶、お坊さん
24 小坊主《こぼうず》　修行中の年少のお坊さん
25 十王《じゅうおう》　冥府《めいふ》（死後《しご》の世界・冥途《めいど》）で、亡者《もうじゃ》を裁《さば》く十人の判官《はんがん》
26 還暦《かんれき》　数え年六十一歳のこと。老いて醜くなる年齢
27 悪童《あくどう》　しつけを欠いた、手に負えない子ども
28 姿見《すがたみ》　全身を見る大きな鏡《かがみ》
29 ご仁《じん》　人を尊敬していうことば
30 霊水《れいすい》　不思議《ふしぎ》な力を発揮《はっき》する極楽《ごくらく》の水

〈著者紹介〉
小松﨑 益（こまつざき ます）
1958年生まれ、66歳。
雑誌編集に10年従事したのち、現在はWEBデザイナーをしながらときどき執筆。
「短編集を出版する」という30年来の野心、ようやく成る。
精神に焼き鏝《ごて》を当てる冷厳な説話、おとぎ話、読むのも書くのも大好き。

おとぎ話集《ばなししゅう》
けふもゆるりと水車《すいしゃ》がまわる

2024年12月19日　第1刷発行

著　者　　小松﨑 益
発行人　　久保田貴幸

発行元　　株式会社 幻冬舎メディアコンサルティング
〒151-0051　東京都渋谷区千駄ヶ谷4-9-7
電話　03-5411-6440（編集）

発売元　　株式会社 幻冬舎
〒151-0051　東京都渋谷区千駄ヶ谷4-9-7
電話　03-5411-6222（営業）

印刷・製本　中央精版印刷株式会社
装　丁　　野口萌

検印廃止

Printed in Japan
ISBN 978-4-344-69189-6 C0093
幻冬舎メディアコンサルティングＨＰ
https://www.gentosha-mc.com/